世界经典童话小说书系

U0670181

救命的苹果

著者 / 佚名　编译 / 庞洪成 等

吉林出版集团股份有限公司 | 全国百佳图书出版单位

图书在版编目（CIP）数据

救命的苹果／（美）佚名著；庞洪成等编译.
--长春：吉林出版集团股份有限公司，2016.12
　　（世界经典童话小说书系）
　　ISBN 978-7-5581-2109-8

　　Ⅰ.①救… Ⅱ.①佚… ②庞… Ⅲ.①儿童故事－作
品集－世界 Ⅳ.①I18

　　中国版本图书馆CIP数据核字（2017）第065120号

救命的苹果

JIUMING DE PINGGUO

著　　者　佚　名
编　　译　庞洪成 等
责任编辑　黄　群
封面设计　张　娜
开　　本　16
字　　数　50千字
印　　张　8
定　　价　29.80元
版　　次　2017年8月　第1版
印　　次　2020年10月　第4次印刷
印　　刷　三河市嵩川印刷有限公司
出　　版　吉林出版集团股份有限公司
发　　行　吉林出版集团股份有限公司
地　　址　长春市绿园区泰来街1825号
电　　话　总编办：0431-88029858
　　　　　发行部：0431-88029836
邮　　编　130011
书　　号　ISBN 978-7-5581-2109-8

前言

　　儿童自然单纯，本性无邪，爱默生说："儿童是永恒的弥赛亚，他降临到堕落的人间，就是为了引导人们返回天堂。"人们总是期待着保留这份童真，这份无邪本性。

　　每一个儿童都充满着求知的欲望，对于各种新奇的事物，都有着一种强烈的好奇心，这样在成长的过程中就不可避免地被好的或坏的事物所影响。教育的问题总是让每个父母伤透了脑筋，生怕孩子们早早地磨灭了童真，泯灭了感知美好事物的天性。童话很好地解决了这个问题，让儿童始终心存美好。

　　徜徉在童话的森林，沿着崎岖的小径一路向前，便会发现王子、公主、小裁缝、呆小子、灰姑娘就在我们身边，怪物、隐身帽、魔法鞋、沙精随时会让我们大吃一惊。展开想象的翅膀，心游万仞，永无岛上定然满是欢乐与自由，小家伙们随心所欲地演绎着自己的传奇。或有稚童捧着双颊，遥望星空，神游天外，幻想着未知的世界，编织着美丽的梦想。那双渴望的眸子，眨呀眨的，明亮异常，即使群星都暗淡了，它也仍会闪烁不停。

　　童心总是相通的，一篇童话，便会开启一扇心灵之窗，透过这扇窗，让稚童得以窥探森林深处的秘密。每一篇童话都会有意无意地激发稚童的想象力和感知力，让他们在那里深刻地体验潜藏其中的幸福感、喜悦感和安全感，并且让这种体验长久地驻留在孩子的内心，滋养孩子的心灵。愿这套《世界经典童话小说书系》对儿童健康成长能起到一点儿助益，这样也算是不违出版此书的初心了。

编者

2017 年 3 月 21 日

目录
MULU

海豹的眼泪

在北极圈附近的冰岛，有一个靠着海边的城市，住着一对公爵夫妇。他们结婚多年一直没有孩子，直到两人慢慢变老，头上都长出了白发，夫人才忽然发现自己怀孕了。

老两口儿高兴坏了，每天都笑得合不拢嘴，无论干什么事情都觉得充满了乐趣。有一天，公爵夫人在草地上散步，忽然感觉有些累，于是就躺在柔软的草地上不知不觉地睡着了。

睡着睡着，她做了一个非常奇怪的梦，三个穿着黑色礼服的女巫从天而降，站在她面前。

"你会生一个女孩儿。孩子出生后，在给她起名字的宴会上，你必须邀请我们三个人参加，并且要让我们当孩子的教母，否则她就会遭到厄运。"一个看起来年纪最大的女巫对公爵夫人说道。

公爵夫人一下子醒了，这个梦太可怕了，但却那么真实，耳边仿佛还能听到女巫离开时衣服摩擦发出的声音。

过了不长时间，和女巫们预测的一样，公爵夫人果然生了一个女孩儿。公爵家充满了喜悦气氛，忙着准备举行命名仪式的宴会。

夫人还记得那个奇怪的梦，便吩咐仆人摆台一定别忘了给女巫们留三个座位。

可是摆台的人是个马大哈，一忙起来就把夫人的交代搞错了，只留了两个座位。要张罗的事情太多了，别人也没注意到。

终于到了宴会那一天，客人从四面八方赶来，把宽敞的公爵家挤得满满的。一城之长公爵大人亲自招待大家，客人们纷纷恭喜公爵夫妇，对刚出生的小宝贝献上最真挚的祝福。场面非常热闹，一派喜气洋洋的景象。

大家高兴地品尝着美味佳肴，喝着甘甜的美酒，唱着欢乐的歌曲。在宴会进行到高潮时，大门忽然开了，一股凉风吹遍了宴会大厅，公爵夫人梦中的三个女巫突然出现，缓缓走向公爵夫人。整个宴会大厅一下子安静下来，气氛显得非常怪异。

"好啊！看来公爵夫人还记得那天的梦，我来给公爵的女儿起个好听的名字，就叫玛璐特娜吧。我祝福她成为一个非常美丽的姑娘。"年纪最大的女巫首先落座，高兴地说道。

"嗯，我也要送给玛璐特娜一个祝福。为了让她显得与众不同，我祝福她流出来的泪珠都是纯金的！"第二个女巫也坐下来，同样开心地说道。

公爵夫人连连道谢。

正在这时，第三个女巫发现没有自己的座位，顿时发起脾气来。

"好哇，竟敢不给我留座位，我要诅咒这个小姑娘，玛璐特娜将来会遭受痛苦的折磨，在她举行婚礼的那天半夜零点，她会变成一只海豹！"

公爵夫人吓得顿时大哭起来。

"请不要哭了，公爵夫人，诅咒无不充满恶意，恶意的诅咒也一定会有办法破解。玛璐特娜结婚的日子，一定要选在祭火节那一天。如果那天晚上有人愿意为玛璐特娜牺牲，这个诅咒就会失去作用，但前提是这个人不要与玛璐特娜有一点血缘关系。"年龄最大的女巫安慰她说。

年龄最大的女巫说完，三个女巫立刻消失在空气中。大厅里的人好像做了一场梦，很快就忘掉了刚才发生的事情，继续兴高采烈地吃喝玩乐。

只有公爵夫人还清楚地记着此事，心里不停地琢磨着这个可怕的诅咒，难过得简直要喘不过气来。

玛璐特娜渐渐长大了，就像第一个女巫祝福的那样，长得非常漂亮，每个见过她的人都这么认为。第二个女巫的祝福也应验了，玛璐特娜喜悦或者悲伤时流下来的眼泪，都是金子做的。

公爵夫妇很疼爱自己的女儿，千方百计地让她过得幸福，但每当想到第三个女巫的诅咒，便感到特别难过。

公爵每天都在想办法破解第三个女巫的诅咒。终于有一天，公爵想出来一个好主意，决定马上行动。

公爵独自骑马离开城堡。他穿过广阔的原野，翻过座座高山，经过片片橘林，一个村庄一个村庄地寻找合适的人选。

不知走了多少天，跑了多少路，公爵来到一个非常偏僻的村落，在一幢破烂的石头房子里，终于找到了一位长相和玛璐特娜一模一样的少女——西库丽朵。公爵仿佛抓住了救命稻草，非常诚恳地请求她帮助自己。

西库丽朵是个善良而又勇敢的姑娘，听了玛璐特娜的遭遇，非常同情。她答应了公爵的请求，跟他进城，和玛璐特娜生活在一起。

两个同龄的姑娘相处得非常愉快，整日形影不离，感情好得胜过孪生姐妹。除了不同的眼泪，外人根本看不出两人有任何区别。

很快，两个姑娘都成了大人，相貌一样地美丽，被称为公爵大人的两朵并蒂莲。每天来向玛璐特娜和西库丽朵求婚的人，在城外排起了长长的队伍。姑娘大了总要嫁人，可是那个可怕的诅咒，将会发生在玛璐特娜的新婚之夜。

公爵对两个姑娘一样疼爱，但是他还是想让玛璐特娜首

先举行婚礼，如果能顺利化解那个可怕的魔咒，今后也就不用担惊受怕了。大家也认为，应该让玛璐特娜先结婚，毕竟她是公爵的亲生女儿。而西库丽朵也不想这么早结婚，大批的追求者都被她一笑婉拒。

有一个非常英俊的小伙子，他是冰岛的王子，特别喜欢玛璐特娜，无数次向她表达自己的感情，恳求玛璐特娜嫁给自己。玛璐特娜终于被王子的真情打动，深深地喜欢上了这位满头金发、眼睛蔚蓝的王子。两人开始频频约会。

过了不长时间，玛璐特娜和王子定下了结婚的日子，那天正赶上冰岛祭火节。在举行婚礼的头一天晚上，公爵把西库丽朵叫到身边，对她说："西库丽朵，你爱玛璐特娜吗？"

"当然，我像爱自己的亲妹妹一样爱着她。"西库丽朵回答道。

"那么，如果需要你为她做出牺牲，你愿意吗？"公爵欣慰地点点头继续问道。

"如果需要，我会毫不犹豫的！"西库丽朵坚定地回答说。

公爵非常感动，详细讲述了女巫对玛璐特娜的诅咒——新婚之夜玛璐特娜将会变成一只海豹。

"现在只有你才能解救她。"公爵说道。

为了解救玛璐特娜，西库丽朵愿意付出自己的一切，但却不知道该怎么做。

"这件事我琢磨了多年，你们俩长得一模一样，别人根本分不清，所以，明天结婚典礼结束之后，就由你来扮成玛璐特娜。在举行宴会的时候，我们把她藏到一个秘密的地方，由你来假扮新娘。"公爵说出了自己的办法。

"这样就能解救玛璐特娜吗？"西库丽朵还是有些担心。

"明天是祭火节，女巫的诅咒会在零点应验，只要能熬过零点就没事了。也只有这个办法可以试一试了。"公爵无奈地说。

"无论如何都不能让这件可怕的事情发生在玛璐特娜身

上!"西库丽朵态度坚决地说道。

第二天，玛璐特娜和王子的婚礼隆重举行，西库丽朵作为伴娘陪在新娘身边。看着幸福的一对新人，西库丽朵为他们感到高兴。到了夜里，两人去了更衣室，互换了衣服。西库丽朵假扮新娘，和王子牵着手，来到宴会厅，而玛璐特娜则偷偷跑进一间密室躲藏起来。

夜深了，客人们酒足饭饱，陆续离去，只剩下新郎和新娘两个人。

"你们姐妹长得简直一模一样，到现在我都分不清。你到底是哪一个呢?"新郎和新娘子开着玩笑。

西库丽朵当然不能说自己是假扮的，想尽办法想让王子相信自己就是公爵的女儿。

可是王子没完没了地开着玩笑。

"两个一样美丽的姑娘，只有一个方法能分辨出来，玛璐特娜的眼泪是金子的。对了，你用手帕擦上一滴金眼泪吧。"王子说。

西库丽朵一时不知如何是好，竭力控制着自己狂乱的心跳。

"这么高兴的日子，想流眼泪还真的不容易呢！"西库丽朵装出很自然的样子回答说。

"虽然你们姐妹俩一样地美丽，可是毕竟还是搞清楚的好，否则传出去会成为笑话的。"王子脸上现出怀疑的神色。

"这样吧，你让我单独待一会儿，给我一点儿时间酝酿一下情绪，也许这样才能流出金眼泪来。"西库丽朵急中生智地说。

王子一听，高兴地离开新房。西库丽朵见王子离开，急忙拿着丝绸手帕，从另一扇门出去，朝玛璐特娜藏身的暗室跑去。

西库丽朵一路小跑。突然，塔楼上的钟声响起，西库丽朵停下脚步，看到墙上的挂钟已经指向了十二点。西库丽朵大吃一惊，在心里默默地数着钟声：一、二、三、四……十一、十二。啊，正好是半夜十二点！

钟声刚敲完最后一下，整个城里的灯光忽然一下子熄灭了，窗外传来阵阵海浪声，仿佛大海要把这座城市淹没。

正当西库丽朵在黑暗中摸索的时候，灯光一下子亮了，西库丽朵心里仿佛有一种不祥的预感。她冲到玛璐特娜藏身的密室，猛地拉开门，顿时被惊呆了——屋子里有一片海水的痕迹，玛璐特娜不见了。

西库丽朵马上镇定下来。海水的痕迹直通窗外，西库丽朵沿着痕迹朝窗外望去，窗外仍有一大摊海水，落潮般地缓缓向城外退去。

西库丽朵跳出窗子，借着暗淡的月色，跟着水流向前追去，不知不觉来到了城外。海浪声越来越大，远远望去，海边的礁石隐约可见。她爬上一块巨大的礁石，向远处望去，在白雪覆盖的礁石堆里，有一大群圆脑袋的动物发出嗷嗷的叫声。

西库丽朵壮着胆子走过去，竟然是一大群海豹，有好几百只！

这时，海豹也发现了西库丽朵，开始咔嚓咔嚓地咬着牙，发出威胁的声音，缓慢向她围拢过来，随时准备发起攻击。

西库丽朵紧张极了，正准备逃走，忽然发现在这群海豹的后面，有一只海豹孤零零地立在那儿，可怜巴巴地望着自己。西库丽朵仔细一看，在月光的反射下，这只海豹的眼角闪闪发亮，垂着一滴金色的眼泪！天呀，这不正是玛璐特娜的金眼泪吗！

西库丽朵顿时忘记了危险，大声喊着玛璐特娜的名字，朝这只海豹冲过去。

一群海豹围上来，用头部撞击她，用牙齿撕咬她。西库丽朵跌倒，马上又爬起来，裙子被撕碎，身上被咬出血，也全然不顾。这时，她只有一个念头，那就是奔到玛璐特娜身边，去保护她。

又有两只巨大的海豹冲过来，西库丽朵已经没有力气去推倒它们了。她的双脚仿佛踩在棉花堆里，已经支撑不住身体的重量，随时都会倒下。西库丽朵用尽最后的力气，踩着两只大海豹的身体，跌跌撞撞地奔向那只孤独的海豹，伸出双手，把它紧紧拥抱在怀里。

可怜的海豹流淌下一串泪珠，把沙滩点缀得格外好看。海豹群停止了攻击，远远地退到海里。西库丽朵深情地呼喊着玛璐特娜的名字，眼前忽然一黑，晕了过去。

不知道过了多久，西库丽朵终于醒来，发现自己已经躺在一张洁白柔软的床上。大家围在她身旁，注视着她。王

子在她面前，公爵夫妇在她面前，玛璐特娜也在她面前！西库丽朵高兴地坐起来，大声喊道："亲爱的玛璐特娜，女巫加在你身上的魔咒解除了吗？"

"我的好姐姐，是你无私的爱和巨大的勇气救了我！"玛璐特娜紧紧拥抱着姐姐，深情地说。

所有的人都流淌下激动的泪水。公爵夫妇和两个姑娘拥抱在一起，在他们心里，西库丽朵和亲生女儿已经没什么两样。

王子和玛璐特娜又重新举行了婚礼。这次，大家比上次还要开心，因为再也不用担心那个邪恶的女巫狠毒的诅咒了。全城的人听说了西库丽朵的故事，都对她表示由衷的敬佩。

结婚这天，玛璐特娜和西库丽朵打扮得一模一样，两个人都是一脸笑容，根本无法分辨谁是谁。

我们的故事讲完了，还是让王子自己去好好琢磨吧。

魔　豆

　　雅赛克和妻子玛雷霞很穷，住在一幢破房子里，每年要向地主交纳很多的地租。

　　一连三个晚上，夫妻俩都做了同一个梦。

　　"你们想在年轻时过好日子，还是在年老时过好日子？"梦里有一个人向他们提出一个奇怪的问题。

　　"你觉得呢？"醒来后，雅赛克问妻子。

　　"我觉得年轻时吃点儿苦没有什么。"玛雷霞回答说。

　　"我也这么认为，年轻时经得起折腾，老了可就不行了。"雅赛克点了点头。

一天晚上，他们的房子突然起火，里面的东西也被烧光了。

"是不是你们故意放的火？你们从我的土地上滚蛋吧。"地主知道后，恶狠狠地对他们说。

"你也太不讲理了。烧房子对我们有什么好处？我们自己的东西也都被烧光了，我们找谁要去？"雅赛克生气地说道。

"你们想留下来也可以，不过要给我重新盖一幢房子。"地主想了想说。

雅赛克和玛雷霞只得自己动手盖房子。两年后，他们终于搬进新房子，可是，刚搬进去的那天夜里房子又着火了，夫妻俩差一点被烧死。

"你们马上从这里滚出去。如果不是故意的，为什么总是犯同样的错误？"地主得知此事，更加愤怒，冲着这对多灾多难的夫妻大叫道。

"我们为了盖这幢房子，不仅花光了全部积蓄，而且还欠了债。"玛雷霞哭着说。

"你让我们到哪儿去安身？"雅赛克也跟着说道。

"想留下来也可以，不过你们得再建一幢新房子，要比以前的房子更好。"地主紧皱眉头，想了想说。

夫妻俩卖了牛、马和猪，换来钱建房子。

过了好几年，他们才把新房的框架建起来，房顶还没盖好，就已债台高筑。夫妻俩起早贪黑不停地干活儿，却再也拿不出一分钱去买盖房顶的材料了。

这可怎么办？想来想去，雅赛克只好把稻草铺在屋顶上。虽说是权宜之计，但人总算能住进去了。

一天夜里，一只鸟儿把屋顶上的稻草给吃光了。雅赛克只得重新铺好屋顶，然后坐在一旁守着。半夜，那只鸟儿又飞来了。

"去，贪吃鬼！"雅赛克站起身驱赶道。

鸟儿没有理会雅赛克，不一会儿就吃光稻草，飞走了。

雅赛克非常生气，又一次铺好屋顶后，在稻草上安了好多套鸟索。到了半夜，鸟儿被套了个正着。

　　从此以后，这只鸟儿就住在雅赛克家里。人们一听到它的叫声，就会忘记一切烦恼，于是给它起了一个好听的名字，叫幸福鸟。

　　很快，这件事被地主知道了。一天，地主找到雅赛克。

　　"你把幸福鸟卖给我吧，我给你一百金币。"地主说道。

　　雅赛克拒绝了地主的要求。地主非常生气，但也无计可施。

雅赛克准备把幸福鸟卖给国王。

"雅赛克，无论国王出多少钱买我，你都不要答应，你只要扔在厨房里的一块缠头布就行。"路上，幸福鸟突然说话了。

"我要一块缠头布干什么？"雅赛克听见幸福鸟说话非常惊讶，随即疑惑地问道。

"听我的准没错，否则你会后悔的。"幸福鸟信誓旦旦地说道。

"这只鸟儿，你要卖多少钱？"国王听了幸福鸟的歌声，果然非常喜欢。

"多少钱我都不卖，我只要您厨房里的一块旧缠头布。"雅赛克回答道。

"哦，就一块缠头布？当然可以，给你吧！"国王得意地笑了。

回家的路上，雅赛克经过一片森林。头上的太阳热辣辣的，他口渴难耐，肚子也饿得咕咕叫，只好坐到一个小树墩上休息。

"我可真傻，竟然相信了一只鸟儿的话，不要金币，要了一块破缠头布。"雅赛克用手拍了拍额头，叹着气说，然后随手拍了一下缠头布。

突然，缠头布上出现了美酒佳肴，雅赛克惊呆了，几乎不敢相信自己的眼睛。

"你能让我吃点东西吗？"一个陌生的声音从雅赛克的身后传来。

雅赛克回头一看，身后站着一个长着黄头发的士兵。

"好啊，请坐下一起吃吧。"雅赛克热情地说道。

士兵吃饱喝足了，一不小心，裤脚将缠头布带起来，酒菜顿时没有了。望着空空的缠头布，他惊得目瞪口呆。

雅赛克赶紧将缠头布放好，用手拍了一下，缠头布上重新出现了酒菜。

"我用魔袋换你的缠头布，怎么样?"士兵觉得很新奇。

"魔袋是干什么用的?"雅赛克问道。

士兵从怀里拿出一只旧钱袋，打开给雅赛克看，袋子里只有三粒干豆子。

"这是有魔力的豆子。你把豆子扔到地上，说一声，'豆子，变成士兵。'豆子就会马上裂开，每半粒豆里就能跳出一个士兵，听你调遣。"士兵神神秘秘地说道。

雅赛克犹豫了。

"换吧，换吧！"突然，他耳边响起一个细微的声音。

他回头一看，幸福鸟停在树枝上。他高兴极了，把缠头布和魔袋通通抛到了脑后，抚摸着幸福鸟，问长问短。

士兵趁雅赛克不注意，偷偷抓起缠头布，溜进森林，逃之夭夭。

雅赛克发现时，已经晚了。

"不要难过，被偷去的东西会回来的。"幸福鸟安慰他说。

雅赛克让幸福鸟停在肩上，继续往前走。夜幕降临，他要在森林里过夜，于是点燃一堆篝火，躺在篝火边休息。

"我可以坐下来取暖吗?"一个手拿棍子的行人走过来问道。

"当然可以，快坐下吧。"雅赛克客气地回答道。

行人坐在篝火旁，雅赛克又往火堆里添了一把柴。

"唉，我们要是早点儿见面，我就可以请你大吃一顿了。"雅赛克叹了一口气，接着，又讲了幸福鸟的故事和缠头布被偷走的事儿。

"这不算什么事儿，我明天就帮你把宝贝找回来。"行人听完笑了起来。

第二天一早，行人把棍子往地上一插，三个随从出现了。

"你们去找到黄头发的士兵，把缠头布拿回来。为了惩罚他，把他的魔袋也拿来。"行人对随从们说道。

随从们齐声答应，然后出发了。没过多久，他们就带着缠头布和魔袋回来了。

幸福鸟挥动着翅膀，唱起动听的歌来。

"把这只鸟儿给我吧。"行人被幸福鸟的歌声迷住了，向雅赛克请求道。

雅赛克舍不得幸福鸟，但又想感谢行人，不由得踌躇起来。

"我用魔棍和你交换。"行人继续说道。

"换吧，我会经常去看你的。这个人知道任何笼子都关不住我。"幸福鸟说道。

"对，幸福鸟是自由的鸟，不能关在笼子里。"行人和颜悦色地说道。

雅赛克想了想，把幸福鸟交给行人，拿着缠头布、魔袋和魔棍回家了。

见雅赛克回来了，妻子急忙问国王赏赐了什么东西。

"就这块缠头布。"雅赛克想逗一逗妻子，把缠头布扔到屋外地上。

"你脑子是不是有毛病，大老远地跑去就为了块缠头布?"妻子一气之下，决定不给雅赛克做饭。

雅赛克敲了敲缠头布，缠头布上出现了一桌酒席。

"你不给我吃的，我自己有。你要是没吃饭，就坐下来一起吃，我请客。"雅赛克笑着对妻子说。

"这真是个宝贝啊！"妻子吃了一惊，转怒为喜。

雅赛克对妻子讲起了自己的奇遇。

"雅赛克，你不把鸟儿卖给老爷，老爷很生气。现在，他决定把你从这里赶出去。有什么话，你自己找他去说吧。"突然，地主的仆人走进院子说道。

"你回去告诉老爷，他要想见我，就让他自己来吧。"雅赛克理直气壮地说道。

仆人灰溜溜地回去，把雅赛克的话一字不差地告诉了地主。

"马上备马，我要去教训教训雅赛克，让他滚蛋！"地主大怒，骑上马向雅赛克家赶去。

雅赛克早有准备，把棍子往地上一插，面前立刻出现了三个随从。

"主人，有什么吩咐？"随从们问道。

“你们去揍地主一顿，然后把他赶走。”雅赛克说道。

“是。”三个随从去执行雅赛克的命令了。

地主被打了一顿，又气又恼，去向国王告状，要求严惩雅赛克。

“什么，佃户敢打地主？这简直是反了！”国王读了状纸，勃然大怒，派了一队士兵去帮助地主。

地主领着士兵把雅赛克家围了个水泄不通。

“雅赛克，快投降吧！”地主大叫道。

“豆子，变成士兵。”雅赛克从魔袋里取出三粒干豆子，扔在地上。

三粒豆子开始分裂，每半粒豆子里跳出一个士兵。半粒豆子又分裂成两瓣，每瓣里又跳出一个士兵，这样没完没了地分裂下去，很快就形成了一支强大的军队。

战斗开始，雅赛克的士兵只要死了一个，就会变成两个。战斗结束时，国王的士兵只有一个还活着。地主被吓破了胆，一命呜呼。

"士兵们，变回豆子！"雅赛克取得胜利后，又下了命令。

士兵们回到魔袋里，变成了三粒干豆子。

"老太婆，现在没有人敢再来欺负咱们了。"雅赛克抓紧魔袋，对妻子说道。

一个漏网的士兵好不容易逃回王宫，狼狈不堪地向国王报告了战斗情况。

"这是真的？"国王万分震惊。

"是真的，雅赛克的士兵不计其数，我们根本不是他的对手！"士兵说。

"那就算了吧，不要再管他了，免得惹火烧身。"国王吓坏了，想了想说道。

雅赛克和妻子活到很老很老，不愁吃，不愁穿，而且非常乐于帮助穷苦人。

救命的苹果

很久以前，一个农妇和儿子弗拉吉斯拉夫相依为命住在山上。

一天，农妇采了满满一罐子的覆盆子，正打算回家，突然看见一个树墩上坐着一个老太太。

"好心人，请我吃覆盆子吧。我会告诉你一个秘密，这个秘密能让你的儿子过上幸福的生活。"老太太对农妇说道。

农妇望着覆盆子，有些舍不得，可转念一想，能让儿子得到幸福，这可是个大事，于是就把满满一罐子的覆盆子都给了老太太。

"真好吃。你记住，你的儿子只有找到他喜欢的工作，才能得到幸福。"老太太吃完了覆盆子，然后说道。

"请你告诉我，我的儿子喜欢什么工作呢?"农妇急忙问老太太。

突然间，老太太不见了。农妇定睛一看，老太太坐的地方只剩下一只蝎子，蝎子摇了摇尾巴也不见了。农妇的罐子不知道什么时候又装满了红艳艳的覆盆子。

农妇非常惊讶，觉得老太太一定是个神仙。

"弗拉吉斯拉夫喜欢什么样的工作呢?"农妇一边走，一边想，想来想去也没想明白。

这时，一个裁缝迎面走了过来。

"请问世上什么工作最好?"农妇急忙上前请教。

"这个问题很简单，世界上最好的工作就是做裁缝啊。"裁缝笑着回答。

"那你能收我的儿子做徒弟吗?"农妇问。

　　裁缝想了想，同意了。

　　很快，三个月过去了，农妇去探望儿子。裁缝把弗拉吉斯拉夫夸奖了一番，可是，弗拉吉斯拉夫却显出不高兴的样子。

　　"孩子，难道你不喜欢做裁缝吗?"只剩母子俩单独在一起时，农妇问儿子。

　　"妈妈，我确实不喜欢。我们用金线织成锦缎给有钱人做衣服，而穷人们穿的却是破衣烂衫，这太不公平了。"弗拉吉斯拉夫回答说。

　　农妇吓坏了，这话要是让有钱人听到，绝不会饶了儿子的。她急忙拉起儿子，从裁缝家里逃了出去。

　　在回家的路上，母子俩碰见一个鞋匠。鞋匠迈着大步，吹着口哨，一副得意扬扬的样子。农妇赶紧把他叫住，向他询问哪种工作最好。

　　"当然是做鞋匠最好，我们不知道忧愁，只知道替人家做鞋子。"鞋匠回答道。

农妇恳求鞋匠收弗拉吉斯拉夫当徒弟。鞋匠想了想，同意了。

一晃儿过了两个月，农妇到鞋匠家里探望儿子。鞋匠也夸奖了弗拉吉斯拉夫一番，可是弗拉吉斯拉夫还是闷闷不乐。

"孩子，你不喜欢鞋匠的工作？"农妇悄悄地问儿子。

"是的，妈妈。我们用上好的山羊皮制成皮鞋，却给懒惰的地主穿，而勤劳的穷人却光着脚，这太没有道理了。"弗拉吉斯拉夫说道。

农妇吓了一跳，这话要是被地主听到，不把儿子抓进监狱才怪。她急忙拉起儿子的手，从鞋匠家里逃了出来。

一天，农妇看见一个武士骑着马走了过来，于是上前问他，世上哪种工作最好。

"最好的工作就是制造兵器。一个人要是掌握了制作兵器的技术，会受到所有武士的尊敬。"武士想了想说。

农妇一听，又把弗拉吉斯拉夫送去学习制造兵器。

"再也没有别的办法了，你要是连制造兵器也不喜欢的话，就只能去当牧童了。"临行前，农妇对儿子说。

寒冷的冬天过去了，积雪开始融化。一天清晨，门外突然响起一阵敲门声，农妇开门一看，不禁又惊又喜，多日不见的儿子正站在门前。

"妈妈，我想好了，就让我去当牧童吧，我再也不学做什么兵器了。兵器谁都能用，我怎么能看着敌人拿着我做的刀来杀我们自己人呢！"弗拉吉斯拉夫对农妇说。

农妇只好由儿子去了。

　　一天，弗拉吉斯拉夫正在放牛，突然看见远处的一片树林里冒起了烟。他跑过去一看，树林中央有一个大树墩，树墩上面有一只大蝎子。四周着了火，大蝎子急得团团乱转，怎么也跑不出来。

　　弗拉吉斯拉夫觉得蝎子很可怜，就把一根棍子伸到大蝎子面前。大蝎子就像过桥似的，顺着棍子爬出火圈，逃到绿草地上。

　　逃出来的大蝎子在地上一滚，竟变成了一个老太太。

　　"好孩子，太谢谢你了。走，跟我到家里去，你救了我，我要送你一件能给你带来幸福的礼物。"老太太感激地说。

　　"不行，我不能不管这些牛啊。"弗拉吉斯拉夫有些为难。

　　"放心吧，就去一会儿。再说我的孙子们，就是那些小蝎子们会替你看管牛的。"老太太真诚地说。

　　弗拉吉斯拉夫想了想，便同意了，跟着老太太回家了。

他们来到一个又大又黑的洞里。老太太一拍手，洞里立刻明亮起来。弗拉吉斯拉夫看见地上放着两只大箱子，里面装着满满的宝石。一个箱子里是红宝石，另一个箱子里是蓝宝石，洞中央长着一棵苹果树，树上结了许多金色的苹果。

"你要是要红宝石，就能成为世界上最英俊潇洒的人。你要是要蓝宝石，就能成为世界上最有权势的人。你要是要苹果树，就仍然是个穷人，但是你能找到最喜欢做的工作。"老太太对弗拉吉斯拉夫说。

"既然如此，您就把苹果树给我吧。"弗拉吉斯拉夫想了想说。

"孩子，这可不是一棵普通的苹果树。它每天早晨开花，傍晚树枝上就结满了金苹果，金苹果能治百病。不过你要记住，治病的时候不能收人家一分钱。"老太太叮嘱道。

说完，老太太朝苹果树挥了一下手，苹果树摇动起来，把树根上的泥土抖落掉，跟在弗拉吉斯拉夫的身后走了。

苹果树摇摇摆摆地跟着弗拉吉斯拉夫回了家，弗拉吉斯拉夫把它栽在窗前。

当苹果树结满金苹果时，弗拉吉斯拉夫把金苹果摘下来，送给村里生病的人。病人们吃了金苹果，不久病就好了。有一个名叫留济娜的老太太，已经一百多岁了，一直瘫痪在床，吃了金苹果后，居然从床上站起来，行走自如了。

一天，国王坐着车从这里路过。他正患着伤风，已经请了好几位大夫诊治，结果病越来越重。

"陛下，听说这里有一个叫弗拉吉斯拉夫的牧童可以用金苹果治病，什么病都能治，治一个好一个。"仆人们向国王推荐。

"阿嚏，阿嚏，还不快送我到牧童那里去。"国王连打了几个喷嚏，着急地说。

于是，国王在仆人们的护送下，乘车往弗拉吉斯拉夫家里赶去。

国王来到弗拉吉斯拉夫家门前，不巧的是，几个人正把一个猎人抬进来，猎人被熊咬伤了，伤得很重。这时，树上却只剩下一个金苹果。

"先给我治，我是国王，治好我的病重重有赏，让那个打猎的等一等。"国王嚷道。

"不行，不马上治，他就死啦。"弗拉吉斯拉夫一边说，一边摘下金苹果，给了猎人。

猎人吃了金苹果，伤立刻好了，身体甚至比以前还健壮。

"阿嚏，阿嚏。"国王不停地打喷嚏，顿时大怒。

他霸道地命令仆人，把金苹果树从地里挖出来，种到他的花园里去。

仆人们开始刨苹果树旁边的土。苹果树像人一样呻吟起来，树根扎在土里不肯出来，还不断用枝条抽打仆人们。

最后，仆人们用粗大的绳子把苹果树捆起来，用几匹马拉着，硬是将它拔了出来，运到王宫里去了。

弗拉吉斯拉夫心疼极了，只能又来到蝎子洞，请求老太太再给他一棵金苹果树。

"我也没有第二棵金苹果树了，不过，我可以给你一些各种颜色的梨，这些梨能帮你把金苹果树夺回来。你回家先尝一尝，就知道它们的功效了。"老太太说道。

弗拉吉斯拉夫回到家里，先吃了一个绿色的梨，前额长出两只角。他赶紧又吃了一个红色的梨，两只角不见了。接着，他吃了一个蓝色的梨，鼻子一下子变得又大又长。他赶紧吃了一个黄色的梨，鼻子才恢复原状。

弗拉吉斯拉夫带上各种颜色的梨来到王宫，把蓝色和绿色的梨放在外面。

"多好看的梨啊，卖给我们尝尝吧。"大臣们一看见梨就嚷了起来。

"这些梨不卖，谁要喜欢就拿去吃吧，一分钱也不要。"弗拉吉斯拉夫说道。

国王和大臣们一听都非常高兴，纷纷拿了梨大吃起来。

不一会儿，国王和大臣们有的头上长出两只角，有的鼻子长得又大又长。

国王的两只角最奇怪，就像两只鹿角从王冠下面突出来。大臣们一边嘲笑着别人的角和鼻子，一边痛苦地大喊大叫。

"求求你，救救我们吧，你要什么我们就给你什么。"国王和大臣们跑到弗拉吉斯拉夫面前乞求道。

"救你们可以，不过你们必须把金苹果树还给我。"弗拉吉斯拉夫严肃地说。

"好，好，还给你，只要你能让我们变回原来的模样。"国王和大臣们没有别的办法，只好答应了。

弗拉吉斯拉夫把红色和黄色的梨分给他们，然后跑向金苹果树。金苹果树被栅栏围了起来，叶子都差不多掉光了。

"金苹果树，你在国王的花园里怎么还枯萎了呢?"弗拉吉斯拉夫非常心痛。

"你快救救我吧，只要获得自由，我就会重新开花结果。"金苹果树突然说话了。

弗拉吉斯拉夫拍了拍金苹果树，金苹果树随之摇动起来，离开地面，抖落根上的泥土，跟随着弗拉吉斯拉夫向家走去。

在回家的路上，金苹果树的树枝重新长满了绿叶，接着又开满花朵。

金苹果树回到村子里，在原来的地方扎下根，当天傍晚，就结满了金苹果。

弗拉吉斯拉夫又开始为善良的人们治病了。除了放牧以外，他剩余的时间都用来帮助穷苦的人们。他觉得，这个工作就是他最喜欢的工作。

雌鹰的戒指

母亲安祥地坐在屋檐下，看着儿子米科瓦伊在院子里劈柴，眼睛里充满了疼爱。

米科瓦伊年轻、健壮、勇敢，就像一只雄鹰。他既不怕海上的暴风雨，也不怕森林里的野兽。

"妈妈，明天我就要到大森林里的熊场去了，蜂巢里的蜜已经满了。今年的蜜蜂很勤劳，我会给您带很多蜂蜜回来的。"米科瓦伊边劈柴边说。

第二天，米科瓦伊就上路了，到熊场的路一点也不近。他来到湖边，找到芦苇荡中的一条渔船，解开缆绳，跳上渔船，慢慢悠悠地划开了。船桨轻轻地拨开湖面，稳稳地向对岸划去。

在阳光照耀下，湖面波光粼粼。芦苇丛中不断有鸟儿拍打翅膀的声音，还有冬鸡和水鸡的叫声。

米科瓦伊一边划船，一边想着在森林里遇到熊或者雄鹰应该怎么办。

划了整整一天一夜，米科瓦伊终于来到了对岸。茂密的森林里，成千上万的蜜蜂在嗡嗡地叫，还能闻到花和松脂的香味。

米科瓦伊来到熊场，找到一个大大的蜂巢。他准备好装蜜的罐子和刀，然后果断地点燃一截朽木，想用烟把蜂巢里那些勤劳的小蜜蜂给熏出来。

突然，米科瓦伊听到了一声鸟的尖叫，他的心猛地缩了一下。果然，白鹰就在附近。

米科瓦伊停止动作，悄悄穿过树丛，向声音的方向走去。前方不远，一只雄鹰躺在地上，巨大的翅膀无力地扑扇着。鹰是鸟中之王，平时很难见到。此时的雄鹰眼神涣散，绝望地大叫着。

这时，一只雌鹰飞了过来，不停在米科瓦伊的头顶盘旋。

"帮帮我们吧，小伙子！你看到那棵高耸入云的松树了吗？雄鹰的翅膀折断了，可它的巢在松树的顶端。请你帮它包扎伤口，把它送回巢，好吗？"雌鹰哀求道。

米科瓦伊从惊诧中冷静下来，然后脱下衬衣，撕成碎片，帮雄鹰包扎伤口。包扎完毕，他拿出绳子，把受伤的雄鹰绑缚在背上，准备把它送回巢。

忽然，森林里刮起了大风，不久又下起了倾盆大雨。风无情地抽打着米科瓦伊赤裸的肩膀，雨像尖利的松针一样刺着他的身子。但是，米科瓦伊毫不畏惧。他顺着湿滑的树干奋力往上爬，费了九牛二虎之力，终于把雄鹰送回了巢。

雌鹰欢快地拍打着翅膀，然后蹲在巢旁的树枝上。

"谢谢你，小伙子。为了感谢你，这枚戒指就送给你吧。这枚戒指拥有巨大的威力，你可以利用它的威力帮善良的人们做三件好事。它会给你带来幸福和欢乐的。"雌鹰感激地说。

"我接受。对于我，最大的安慰是能在这样近的距离内见到雄鹰，最大的欢乐就是能给你们一点帮助。再见了！"米科瓦伊欣然接受了戒指。

有了戒指，米科瓦伊也没有割蜂蜜的心思了，他准备尽快回到家里。可是，回程的路依然艰难。暴风雨更加猛烈了，湖水发出怒吼，巨浪盖过了渔船，一道道闪电划破长空。

渔船一会儿高高地被抛到浪尖，一会儿又被抛下，就像跌进了深渊。米科瓦伊牢牢抓着双桨，奋力与大自然拼搏。幸好，几个小时后，暴风雨逐渐平息了，米科瓦伊终于安全回到了岸边。系好渔船，他兴奋地向家跑去。

没走几步，米科瓦伊就看到自己的村庄燃起了熊熊大火，中间还夹杂着老人、孩子的哭喊声。他来不及伤心，迅速冲进火场抢救乡亲们。

米科瓦伊不顾火焰的燎烤，不顾即将要倒塌的房梁，一次次冲进火场。可惜，他只有一个人、一双手，听着乡亲们的呼救声，他心如刀绞。

忽然，米科瓦伊看到了手上的戒指，这枚戒指正在闪着亮光。何不请它帮忙呢？

"雌鹰，以你的名义，帮帮我的村子吧！"米科瓦伊轻声对戒指说道。

话音刚落，黑暗就笼罩了大地，等到太阳重新出来的时候，整个村子安然无恙地立在原地，而且比以前更加漂亮。

"我的儿子，米科瓦伊，这是怎么回事？那场大火，那痛苦的呻吟呢？难道是噩梦？我还记得你是那么勇敢地跟火搏斗，你没事吧？"母亲满脸惊讶。

"我没事的，妈妈。"米科瓦伊抓住母亲的手安慰她。

米科瓦伊和母亲坐下，把事情的经过一五一十地讲了一遍，还让她对戒指的事情保密。

时间一天一天过去，村民们的生活按部就班地进行着。美丽的湖泊赐给人们鱼，肥沃的田野赐给人们粮食，茂密的森林赐给人们松子、蘑菇和浆果。

几年的时间里，米科瓦伊云游了许多地方，见到了许多东西，也学到了很多本领，但他觉得哪里都没有自己的家乡美。

　　一次，米科瓦伊出远门归来，看到地平线上硝烟滚滚，原来是敌人在进攻他可爱的家乡。

　　凶残的敌人烧杀抢掠，乡亲们只好抛弃家园、财产，纷纷逃往外地。米科瓦伊赶紧躲到附近的树丛里，看到了一大群妇女儿童被敌人捆绑着。看着敌人抽打这些乡亲，米科瓦伊怒不可遏，很想冲上去救他们，可是敌人太多了，他根本不是对手。

　　"戒指！戒指肯定能帮我的忙！"米科瓦伊暗暗想着。

　　"雌鹰，以你的名义，让敌人毁灭吧！帮个忙，雌鹰，救下那些俘虏，让我的家乡恢复平静吧！"米科瓦伊默默念道。

　　果然，戒指很快就实现了米科瓦伊的愿望。敌人被打垮了，米科瓦伊的家乡又恢复了平静，乡亲们又过上了幸福的生活。

　　一天，母亲告诉米科瓦伊，城防官老爷听说米科瓦伊做的熏鱼味道特别好，命令米科瓦伊给他送鱼过去。

米科瓦伊准备了一大筐鲜美的熏鱼，送给城防官老爷。老爷给了他一个金币，还叫他以后经常送鱼去。

一次，米科瓦伊在送鱼回家的路上，看见一个姑娘。姑娘长得很丑，而且又瘦又小，正吃力地挑着一担水。

"给我，我帮你挑。"米科瓦伊说道。

"啊，不！多谢您的好意。别人会讥笑您的，说您帮助这样一个丑丫头。"姑娘拒绝了。

米科瓦伊抢过水桶，放到了自己的肩上。姑娘叫杰瓦娜，居然是城防官老爷的女儿。走了一会儿，姑娘请求米科瓦伊赶紧停下来。

"别往前走了，我不想叫父亲知道。父亲常说，我的丑陋给他丢了脸，因此给我最重的活儿干。"姑娘说着就哭了起来。

从此，米科瓦伊送鱼的时候，经常帮杰瓦娜挑水。

一天，米科瓦伊看到杰瓦娜身上青一块，紫一块，正在湖边清洗伤口。

"出了什么事？"他问。

"小孩子们朝我扔石头，这么多人都愉快地生活在阳光下，可太阳却照不到我。我爱我的父亲，可是我的丑陋使他痛苦，甚至狗见了我也汪汪叫。"杰瓦娜哭诉道。

"杰瓦娜，不要伤心，赶紧回家吧。"米科瓦伊安慰道。

看着杰瓦娜慢慢走远，米科瓦伊思索了一下，再次拿出了戒指。

"以你的名义，雌鹰，让戒指按我的愿望办吧。请让杰瓦娜变成个美丽幸福的姑娘。"米科瓦伊大声说道。

"这是我能帮你实现的最后一个愿望。难道你就不想为自己求点什么吗？比如金钱、权力。"突然一个声音响起来。

这是雌鹰的声音，但是看不见它的身影。

"除了我请求的，我什么也不要。如果我知道我有可能救这个可怜善良的姑娘，而没有去救她，那么任何好东西也不会使我高兴。戒指，实现我的愿望吧！"米科瓦伊态度坚定。

"好，你的愿望定会实现，高尚的人。"雌鹰的声音再次响起。

米科瓦伊感觉很轻快，似乎有人给他插上了翅膀。戒指虽然没有力量了，但他感到自己心中有股神奇的力量和快乐。

过了几天，米科瓦伊再次给城防官老爷送鱼去。他走进院子，看见窗前站着一个美丽的姑娘正向他招手，还在冲他微笑。

"是我，杰瓦娜……我的朋友，你认不出我了吗？是我，过去的丑八怪。你冲我笑笑，求你啦!"杰瓦娜笑着给米科瓦伊打招呼。

"怎么回事，你在跟一个渔民聊天?"城防官老爷突然出现了，满脸愠色。

"父亲，谁对一个可怜的丑姑娘表示过好感，那个人就永远成了她亲爱的朋友。我相信，正是由于他，我才发生

了这样大的变化。"杰瓦娜态度坚定。

不久，米科瓦伊同杰瓦娜就定下了终身。城防官老爷的自尊心受到严重的打击，但他不得不把女儿嫁给一个普通渔民为妻，因为有一种神奇的力量在保护着他们，他无法违抗女儿的意志。

结婚的那天，一对老鹰在米科瓦伊和杰瓦娜的头顶盘旋。所有的村民都来为他们俩祝贺。在神秘力量的保护下，他们一直过着幸福快乐的生活。

商人和铁匠

从前有一个商人，准备去外地做生意。

此时正值炎夏，火辣辣的太阳灼烤着大地，商人汗流浃背，又累又渴，但为了赚钱养家，还是坚持往前走。

又走了一会儿，他感觉头重脚轻，嗓子眼儿冒烟，就靠在一棵大树下歇了一会儿，然后继续赶路。

不知走了多久，前方突然出现一片树林，商人加快脚步向树林奔去。

商人在树林里意外发现了一口水井。井口很大，但不知深浅。

商人高兴极了，甚至流下激动的泪水。

他急忙解下腰间的葫芦和绳子，用绳子的一端拴住葫芦，两手握住绳子的另一端，将葫芦放入井中。

突然，井里隐约传来呼救的声音。

商人双手把住井口，探头往下看。井里漆黑一片，什么都看不见。

"救命！快点儿放下绳子救我上去，我会报答您的。求求您，救救我吧！"一个微弱的声音从井底传来。

商人赶紧往井里放绳子，忽然觉得沉甸甸的，于是用尽全身力气往上拉。

在离井口还有一段距离的时候，商人发现拉上来的竟是一只豹子。

"我要是把它救上来，它伤害我怎么办，豹子毕竟是兽类，不通人性，还是把它放回井里去吧！"商人自言自语道。

"恩人，千万别把我放回去，行善者必有好报。今天您救了我，日后我一定报答。求求您，把我拉上去吧！"豹子不断地哀求着。

听了豹子的话，商人心软了。

"不管怎样，还是先救它一命吧。"商人犹豫了一会儿，还是把豹子救了上来。

商人又把葫芦放进井里，打算打水喝，可是又觉得沉甸甸的。

他拉上来一看，原来是只猴子。商人打算把它放回井里。

"恩人，别把我放回去，待在井里，我快要憋死了。您救了我，日后我一定报答，永远不会忘记您的救命之恩。"猴子哀求道。

商人一听这话心软了，又把猴子救了上来。

商人又渴又饿、筋疲力尽，便坐在井边休息。

他再次把葫芦放入井中，想打点儿水喝。

"这回应该是水了。"商人感觉没有上两次那么沉。

可是拉上来一看，他立刻目瞪口呆，赶忙扔下绳子，吓得躲到一边。只见一条黑白相间的蛇，缠在绳子上，已经爬了上来。

"今天是怎么啦，本想打点儿水喝，却接二连三地救上来三个动物。"商人觉得真是倒霉透了。

"恩人，您不必惊慌，别看我长得凶狠，但我比人类更知道感恩。我不但不会伤害您，还会报答您。您的救命之恩，我将永生难忘。日后若有人敢冒犯您，我一定舍命相救。要说凶狠，我与一些坏人相比自愧不如。您救的要是一个心狠手辣的人，他不但不会感激，反而会想方设法去陷害您。一定要相信我，千万别去救井下的那个坏蛋。"蛇对商人发出忠告。

尽管商人此时已经累得动弹不得，但一听说井下还有一个人，便第四次将绳子放入井中。

"人是最讲义气的，也是最善良的。你怎么知道井中的人会陷害我呢，这简直是一派胡言！"商人不但不听蛇的忠告，还把蛇数落了一番。

商人用尽最后的力气，将井下的人拉了上来。

商人迫不及待地来到井边，打了满满一葫芦水，一口气喝了个精光。

这时，豹子、猴子、蛇和人纷纷走过来，一起跪在商人面前，不住地叩头谢恩。

"恩人，谢谢您的救命之恩，我们将没齿难忘，一定会报答您的。"豹子、猴子、蛇和人再三表示感谢。

"恩人，我是一个铁匠，家住卡拉亚城，有机会去那里，一定到我家做客，我会好好招待您的。"铁匠诚恳地说。

"谢谢你，谢谢各位！"商人十分感动。

休息片刻后，大家依依不舍地分别了。

三个月后，商人回家途中再次来到那片树林，靠在井旁的大树下休息。这时，一只猴子从树上跳下来，向商人深深地鞠了一躬。

"恩人，您还记得我吗？我是您三个月前从井里救上来的猴子啊！您一定很饿吧，这里荒无人烟，没有吃的东西，我去对面山上采些野果给您充饥吧。您在这儿等着，我很快就回来。"猴子说完，一溜烟地跑进树林。

一会儿工夫，猴子就捧着一堆野果回来了。

"请吃吧，这是我的一点儿心意。"猴子说。

商人感动得热泪盈眶，心想这只猴子这么通人性，幸亏我当时救了它。

此时，商人已经饿得前胸贴后背，立刻狼吞虎咽地吃起来，还把剩下的野果装进口袋，留着路上吃。

谢过猴子，商人继续赶路。

他又走了半天，觉得很累，突然发现前面有一棵大树倒在地上。

"是谁给我准备了一张大床？"商人马上躺了上去，可还没等他合眼，突然看见一只豹子从草丛里蹿出来。

一看不好，商人一跃而起，撒腿就跑。

"恩人,别害怕,我是您三个月前从井底救上来的豹子啊!"豹子喊住商人。

听豹子这么一说,商人尽管心里忐忑不安,但还是停下了脚步。

"恩人,请不必惊慌,我是不会伤害您的。我每天都来这里等候,希望能再次见到您,报答您的救命之恩,今天我终于等到了!"豹子神情激动地说。

"谢谢你,豹子。"商人十分感动。

"恩人,您在这儿等一会儿,我很快就回来。您不要随

便乱走，更不要出声。"豹子嘱咐道。

豹子来到不远处的一个山洞。一伙儿盗贼正在山洞里分赃，由于分赃不均，打得头破血流，有人伤了胳膊，还有一个人牙齿被打掉了。

他们一边厮打，一边往口袋里装金币。

豹子趴在洞口，瞅准机会，向盗贼们猛扑过去，当场就扑倒一个咬死，其余强盗吓得撒腿就跑。

豹子把商人领到山洞。商人看见地上的金币，表情淡然，只捡起了一条漂亮的项链。

"这些金币都归你了。"豹子讲述了事情经过。

"这是不义之财，我不能要。"商人说。

商人与豹子道别，向卡拉亚城方向走去。

一路上，商人非常高兴，恨不得马上见到铁匠。

"行善者必有好报，动物都这样真诚地报答我，更何况铁匠呢？一看他就是个有情有义之人，见到我一定非常高兴。到了铁匠家，就让他帮忙打听项链的主人，一定要物归原主。如果铁匠家境贫寒，看在兄弟一场的份上，我就将这次做生意挣的钱分他一半。"商人一边赶路，一边盘算。

他大步流星地往前走，很快就到了卡拉亚城，经过打听，顺利找到了铁匠家。

听说商人来了，铁匠喜出望外，亲自到大门口迎接。两个人一见面，不由得紧紧抱在一起，泪流满面。

"自从上次分别后，我天天盼着哥哥来，今天终于把您盼来了。您在这儿一定要多住几日，别急着走。"铁匠的话让商人很感动。

商人随铁匠来到客厅。

铁匠的妻子做了一桌丰盛的饭菜，俩人边吃边聊，亲热得不得了。

"到了弟弟家，你就不要拘束，我们是好兄弟，今天来个一醉方休。"铁匠非常热情。

"回来的路上，我遇见了从井里救出的猴子。为了报答我，他跑进深山老林，给我摘了很多野果。后来，我又遇到了从井中救出的豹子。豹子发现一伙盗贼在山洞里分赃，就咬死了一个盗贼，其他的盗贼都吓跑了。它把我带进山洞，要把金币全给我，可我只拿了一条项链。"说着，商人把项链递给铁匠看。

商人托铁匠帮忙打听项链的主人，以便物归原主。

铁匠仔细瞧看，觉得特别眼熟。他突然想起来，这条项链正是三年前，他专门为城主的女儿打造的。

这是一条纯金项链，只可惜后来被人偷走了，城主还曾贴出布告，说谁能找回项链，就赏他五千金币。真没想到，这条项链竟被商人找到了，这真是踏破铁鞋无觅处，得来全不费工夫啊。

"我辛辛苦苦一辈子，到头来还是穷得叮当响，什么都没有。"铁匠无奈地摇了摇头。

铁匠认为这是个发财的好机会，一定不能错过。

"哥哥，您在家等我一会儿，我去打听打听，看能否找到项链的主人。"铁匠喜滋滋地说。

"快去快回!"商人连忙说道。

铁匠带着项链一溜小跑,来到城主家。

"尊敬的城主,我费尽周折,终于找回了您女儿丢失的项链。"铁匠气喘吁吁。

听说找回了项链,城主别提有多高兴啦!

"铁匠,你是从哪儿找到的?"城主急忙问道。

"城主,您看看是不是这条项链。"说着,铁匠从怀中取出项链给城主看。

城主接过一看,正是女儿丢失的那条项链。

"好,谢谢你,那个偷项链的盗贼现在在哪儿?"城主突然问道。

"那个可恶的盗贼此刻就在我家,我已经把他锁在房间里了,他跑不了。"铁匠求财心切。

城主信以为真,立即命令士兵前去捉拿。

"你们必须把他捉拿归案,千万别让他跑了。听说此人武艺高强，现在正在铁匠家。你们一定不要轻举妄动，一切要按照铁匠的安排去做，听见没有？"城主滔滔不绝地吩咐士兵们。

"请您放心，我们一定将他缉拿归案！"士兵们齐声说道，然后浩浩荡荡地出发了。

"你真是我忠实的臣民，等我审完盗贼，一定兑现诺言，赏你五千金币。"城主再次对铁匠承诺。

铁匠带着项链离开后，商人总觉得有些坐立不安。

"铁匠出去已经有两个时辰了，怎么还没回来，难道路上遇到强盗，把项链抢走了，要不就是他遇到不测，被人暗算了。"商人开始胡思乱想。

他在客厅里走来走去，不知怎么办才好。

突然，一队全副武装的士兵闯了进来，还没等商人弄清楚是怎么回事儿，便被戴上了手铐。

商人被士兵们连拖带拽地带到城主面前。见铁匠也在这里，商人十分诧异。

"铁匠弟弟，你怎么也在这儿，我还一直担心你呢！难道你也被抓来了，这究竟是怎么回事儿，我又没犯什么过错？"商人百思不得其解。

铁匠板着面孔，一声不吭，商人更加莫名其妙。

"你是何方人氏？"城主大声问道。

"我家住在离这儿很远的一个镇子上，这次出来是为了做点儿买卖。"商人自顾自地说着。

"这条项链是怎么回事儿？"还没等商人说完，城主就打断了他的话。

原来是项链的事儿，于是，商人把捡到项链的经过讲了一遍。

商人还讲了山洞里有很多金币，强盗由于分赃不均互相厮打的事情。

"豹子还咬死了一个人，您要是不信，可以去看看。"商人是想证明自己是无辜的。

"英明的城主，千万别听他胡言乱语，动物怎么能听懂人话呢？这条项链分明就是他偷的，还在这儿强词夺理。这条项链，是夜里我趁他熟睡，偷偷从他衣服里翻出来的。"铁匠编出一套谎言。

"这简直是胡说八道，我怎么会偷项链呢，真是好人难做呀！"商人指着铁匠说。

"别信他，一看他就是个撒谎的老手，偷了项链，还编造出这么离奇的谎言，千万不要上了他的当！"铁匠提醒城主。

商人这才恍然大悟，原来自己被抓，竟是铁匠捣的鬼。

这时他不由得想起了蛇的忠告，但已经晚了！

"胆大妄为的商人，你偷了我女儿的项链，不老老实实认罪，还编造谎言来欺骗我，连动物能听懂人话这么离奇的谎言你都能编出来。今天，我要给你点儿颜色看看，让你知道我的厉害。来呀，把这个盗贼拖出去，先重重打他一百棒，然后把他扔到河里喂鱼。"城主厉声吼道。

商人无辜挨了一百棒的处罚，悔恨的泪水不住流淌。

城主根本不相信商人的话，只听铁匠的一面之词，商人有口难辩。

"可恨的铁匠为了自己的利益，竟栽赃陷害救命恩人，真是天理不容！"商人暗自念叨着。

商人被打得皮开肉绽，遍体鳞伤，然后在士兵的押送下，向河边走去。

他们很快就到了河边，士兵们正准备把商人扔进河里，一条蛇突然从草丛里爬出来，扑了上去。

一看形势不妙，士兵们四散而逃。

蛇就像一个忠诚的卫兵，守候在商人跟前。

"恩人，我是特意来救您的。您三个月前把我从井下救上来，我说过要报答您。您为何落到如此地步，他们为什么要加害于您?"蛇问商人。

商人慢慢睁开眼睛，见是曾经救过的蛇，感动得热泪盈眶。

"说来惭愧，当初我没有听从你的忠告，救了铁匠这个忘恩负义的小人，才落到今天这个下场，都是我自作自受!"商人悔恨不已。

"您不用害怕，有我在这儿，没人敢伤害您。"蛇安慰道。

商人刚被带走，一个士兵就来向城主报告巡查情况。

"城主，刚才我们经过一个山洞，在洞里发现了一具尸体。洞里满地都是金币。"士兵说完，将满满两大袋金币放到了城主面前。

士兵报告的情况和商人说的一模一样。

"我怎么能只听铁匠的一面之词呢，不仅把商人打得遍体鳞伤，还下令把他扔进河里。我真是太糊涂了！"城主追悔莫及。

"来人，赶快去河边把商人找回来！"城主急忙吩咐道。

传令兵骑着快马来到河边。

"城主命令释放商人，赶快把他请回去。"传令兵大声喊道。

这时，蛇渐渐后退，最后钻进草丛不见了。

商人随士兵来到城主面前。城主深表歉意，并给商人鞠了一躬。

"对不起，实在对不起，我轻信了小人的谗言，险些害了你的性命，动物都能明辨是非，我自愧不如！我为我做过的事儿感到无地自容，请你原谅！"城主连连自责。

既然城主已经诚恳地道了歉，商人也就原谅了他。

城主吩咐给商人换了身衣服，并请城里最有名的大夫给他医治。

在大夫的精心治疗下，商人的伤很快痊愈了。

一天，商人穿戴整齐来见城主。城主设宴款待了他。

"你是一个有大福大贵的人。请你把事情的来龙去脉，再从头到尾地讲一遍。"城主对商人说。

商人再次将事情的经过讲了一遍，城主听得目瞪口呆。士兵们也把遇到蛇的事情说了一遍，让在场的所有人惊讶不已。

城主当众赏给商人五千金币，还赠送给他一份丰厚的礼物。

城主奖赏商人的消息不胫而走，很快传遍了大街小巷。铁匠知道后，简单地收拾了一些行李，带着妻儿连夜逃出了卡拉亚城，从此再也没有露面。

在城主的一再挽留下，商人在他家住了七天。每天晚上两人都聊到深夜。

第八天，商人告别了城主，高高兴兴地回家了。

板油姑娘

　　从前，有一个老太太无儿无女，孤零零一个人靠捡废品过日子。

　　一天，她在回家的路上看见一根骨头。

　　这根骨头两头尖、中间粗，形状有些特别。老太太就把骨头拾起来带回了家，埋在院子里。

　　让人奇怪的是，这根骨头埋到地里之后，竟像树一样越长越大，最后变成了一头牛。这头牛又肥又大，走起路来肚皮左右摇摆，直擦地面。

　　老太太家有头稀奇古怪的牛的消息，很快传遍了全村。

消息越传越远，一位国王的使臣得知以后，便打扮成乞丐模样，来到老太太家门前乞讨。

老太太听见乞丐可怜的叫声，就打开了院子的大门。

使臣走进院子，一眼就看见躺在地上像小山一样的那头牛。使臣竟忘记了自己是来乞讨的，扔下碗，拔腿就往外跑，一口气儿跑回了王宫。

"陛下，我在乡下巡逻，发现一头又高又大的牛。"使臣拜见国王后说道。

"牛本来就很高大，这有什么好奇怪的？"国王不屑地说。

"可是，这头牛大得出奇。"使臣小心地说。

"这头牛到底有多大，还不快说出来听听？"国王生气了。

"梨花村老太太家的那头牛又肥又大，站立时肚皮一直拖到地面上，躺下时肚子伸出去很远很远。"使臣如实描述了牛的外貌。

"你带大臣到老太太家去看牛，要是胡说八道，我可饶不了你。"国王威胁道。

"要是我说半句假话，您怎么处置我都行。"使臣领命。

大臣们跟随使臣来到老太太家，看到牛后一个个惊得直吐舌头，立刻回宫报告情况属实。

国王命令使臣把牛弄到王宫里，要亲眼看看这头牛到底有多大。

"老人家，国王听说你有一头高大的牛，要亲眼看看，派我们来把牛牵到王宫里去。"使臣带人来到老太太家，指着牛对她说。

"既然国王想看，那就牵去吧。"老太太很舍不得牛，但国王想看，又不得不从，只好答应。

宫里人拍打着牛，想让牛躺下。可无论用什么办法，牛就是不躺下，像块大石头堆在院子里。

"牛啊，你躺下吧，国王是个好心人，只是想看看你和其他牛有什么不一样。"站在一旁的老太太看到宫里人很为难，就对牛说。

话音刚落，牛就躺下了。

使臣带来的一群人拿出绳子拴住牛的脖子，使劲儿拉，可牛待在原地一动不动。

"牛待在原地不走，那就先牵到你家去吧！"一些人对使臣说。

"牵到我家和在老太太家不是一样的吗？"使臣直摇头。

"牛啊，你快走吧，国王是个好心人，只是想看看你和其他牛有什么不一样。"守在旁边的老太太急忙说道。

牛开始往前走了，可是刚出院子，又停下来。老太太上前又说了一遍之前的话，牛才跟着人群向王宫走去。

国王看到牛后，吃惊得半天说不出话来。

"我想尝尝这牛的肉是什么味道，让人把它杀了。"缓过神儿的国王对使臣说。

遵照国王的吩咐，前来杀牛的屠夫想让牛先躺下，再用绳子把四肢绑上，然后用刀宰杀，可牛就是站着不躺下。

"快去把老太太请来!"使臣急忙说道。

使臣的话提醒了大伙儿。

来到王宫的老太太,见了牛像见了亲人似的。

"牛啊,你躺下吧,国王是个好心人,只是想尝尝你的肉和其他牛有什么不一样。"老太太对牛说。

她话音刚落,牛就躺在地上了,可却一个劲儿地翻腾,让屠夫无法下手。

站在一旁的老太太看到这种情况,又说了一遍之前的话。

老太太说完,可怜的牛就不再翻腾了。屠夫立刻举起了尖刀,一刀捅进牛喉管。老太太见牛疼得直叫,就又说了一遍之前说的话,这下牛不动了。

屠夫剥掉牛的皮,把肉分割成块儿,为了安慰老太太,让她随便拿牛肉。

"我别的什么也不要,只要牛肚子里的东西。"老太太没心思吃牛肉,也舍不得丢下牛。

使臣给老太太找来一个大葫芦，把牛肚子里的东西全装进了葫芦里。

"老太太，你还不能走，万一有我们做不了的事儿，还需要你解决。"见老太太要走，使臣连忙上前阻拦。

无奈，老太太只好留下来站在一旁看屠夫们切肉。

肉切完了，放进锅里煮，可是怎么煮也煮不烂。老太太说了两句安慰牛的话后，肉马上被煮烂了。

　　使臣挑了一大块最好的肉给国王送去了，剩下的每人分到一小块，可人们怎么也咬不动放进嘴里的肉。这时，老太太又说了那段话，肉变得又烂又香。

　　等大家吃完肉，老太太顾不上使臣挽留，背着牛的内脏就往家走。

　　到家后，她把这些内脏装进院子里的一个大缸里，又找来一张席子盖上缸口。

　　老太太想起自己的那头牛，伤心地哭了。

　　说起来也怪，到了第三天，等老太太出去捡废品后，牛的内脏竟变成几个年轻漂亮的姑娘，从缸里钻了出来。

　　姑娘们有的帮老太太扫地，有的帮老太太洗衣服，把屋里屋外收拾得干干净净。等到老太太快回来时，姑娘们一个个钻进缸里，又变回牛的内脏。

　　老太太回家后，见屋子被收拾得干干净净，感到非常奇怪。

　　此后，趁老太太不在家，姑娘们就出来扫地、洗衣服、做饭，天天如此。

一天，老太太突然提前回来了，见到了没来得及藏到大缸里的姑娘们。

"姑娘们，站住，你们是从哪儿来的?"老太太拦住她们问道。

"您别怕，我们慢慢讲给您听，您的牛被国王弄去杀了，人们问您要什么，您说只要牛的内脏，我们就是牛的内脏。"姑娘们回答说。

"最近家里的活儿都是你们干的?"老太太听完，沉默了一会儿问道。

姑娘们只好坦白一切。老太太从内心感激这些姑娘，看着她们，就再也不会为失去牛而感到难过了。

老太太家里来许多姑娘的消息很快传遍了附近的村庄。每天都有很多人怀着好奇心来看这些姑娘，甚至还有很多小伙子登门求婚。

国王的使臣听到消息后，又装成乞丐，来到老太太家查看究竟。他见到姑娘们一个比一个漂亮，都惊呆了。其中有一位板油姑娘，细细的身材，白嫩的皮肤，两只大眼睛像两颗黑葡萄一样。

使臣假装饿坏了，狼吞虎咽地吃下姑娘们递过的饼，急忙跨出院子，一路不停地跑回王宫向国王报告看到的一切。

"国王，我在老太太家看见了世界上最漂亮的几位姑娘，她们分别是肝姑娘、肺姑娘、胃姑娘、肠姑娘、腰子姑娘和板油姑娘。板油姑娘最漂亮，我敢保证，您看了一定会喜欢。"使臣一口气说了出来。

国王满心怀疑，在使臣的陪同下，化装成一个讨水喝的人来到老太太家的院外。他让使臣藏起来，自己走了进去。

"您是哪位？"老太太见来了个陌生人，连忙从屋里走出来问道。

国王说自己只是过路人，想讨口水喝。

"肝姑娘，赶紧给门口的客人弄点儿水喝。"老太太一边答应着，一边转过脸朝屋子里喊。

"哎呀，让我弄水送给外来人，胃姑娘哪儿去了？"肝姑娘说。

"胃姑娘，赶紧给门口的客人弄点儿水喝。"老太太又喊道。

"哎呀，让我弄水送给外来人，肠姑娘哪儿去了？"胃姑娘推托着。

"肠姑娘，赶紧给门口的客人弄点儿水喝。"老太太接着喊肠姑娘。

……

就这样，肝姑娘推给胃姑娘，胃姑娘推给肠姑娘，肠姑娘推给肺姑娘，肺姑娘推给腰子姑娘，腰子姑娘推给板油姑娘。

"板油姑娘，赶紧给门口的客人弄点儿水喝。"见腰子姑娘不愿干，老太太不得不对板油姑娘说。

"好，这就来！"板油姑娘听见喊声立即回答。

不一会儿，板油姑娘双手捧着一碗水，走到国王面前，热情地请国王喝水。

国王赶紧伸手去接，两只眼睛却直勾勾地盯着板油姑娘，捧着水碗的两只手直打哆嗦。水从碗里洒出来，衣服被浇湿了一大片。

"水洒了！"板油姑娘说。

国王像没听到似的，仍然盯着姑娘看，整个身子开始抖起来。

国王看着板油姑娘，突然将水碗一扔，把板油姑娘抱到了马背上，策马加鞭，跑回了王宫。

大臣和仆人们听说国王带回了天下第一美人，都围了过来。人人都被迷得张着大嘴、瞪着两眼、挺着鼻子。吵吵嚷嚷的喧闹声传到王后和王妃们的耳朵里，通过仆人，她们得知国王又娶了个新娘子。

她们感到又好气又好笑，认为国王娶板油姑娘为妻，是对她们的嘲弄。

"板油迟早是要熔化的，因为它最怕见到火。"

"我们一定要让板油姑娘早点熔化掉，只要让她坐到火旁就行。"

"兔子尾巴长不了。"

王后和王妃们议论纷纷。

没过几天，王宫里举行了盛大的结婚庆典。板油姑娘被安排在内宫的朝阳殿内，同其他几位王妃住在一起。

老太太发现板油姑娘不见了，立刻明白了一切：一定是那个乞讨的使臣走漏了消息，让国王把板油姑娘抢走了。

"我要到王宫去看个究竟。"老太太坚定地说。

"当时我们不去送水，就是怕出现这样的事儿，多可怕啊！"姑娘们都很庆幸。

老太太急忙收拾了一下东西，独自向王宫走去。

老太太来到王宫，看到宫门前挤满了人，就问一个满脸胡子的老头儿发生了什么。

老头儿告诉她，国王娶了个板油姑娘。

"国王有命令，如果新娘子的母亲来了要热烈欢迎，及时通报，让她直接进宫见国王。"旁边的人补充道。

老太太一听，马上让卫兵去报告国王。

国王看着面前的板油姑娘，简直着了迷，根本没听见赶来报告的卫兵的话。

"新娘子的母亲要求见您。"卫兵见国王不回答，又大声说了一遍。

"赶快让老太太进来。"国王闻声如梦初醒，大声说道。

"国王，您喜欢我的女儿，为何要装成一个讨水喝的人把我女儿抢来？你不但不征求我的意见，竟然连一点儿礼物都不送，这很不礼貌。"老太太来到国王面前，不客气地指责道。

国王从来没听过别人指责自己，老太太的一番话让他十分生气，但想到新娘子只好忍气吞声。

"我同意将板油姑娘嫁给你，但你不能让板油姑娘到太阳下面去干活儿，更不能让她靠近有火的地方，必须让她整天待在屋子里。"老太太提出要求。

"这样的小事儿不难做到。"国王听完，马上答应说。

老太太觉得国王很有诚意，就没再说什么。

国王见老太太舍不得板油姑娘，就下令给老太太腾出一幢漂亮的房屋，把老太太留在了宫中。

国王还送给老太太大量钱财以及吃的、穿的、用的，还有很多仆人。

老太太没事儿就来看望板油姑娘。有了老太太的陪伴，板油姑娘一点儿也不觉得孤单，整天待在屋里哪儿也不去。

"怎么整天待在屋里，也不出去晒晒太阳或到火堆旁去干点儿什么！"王后和王妃们气坏了，只要有机会，就恶狠狠地瞪着板油姑娘厉声说。

"我不能到有太阳的地方去，否则就会化掉了。"板油姑娘解释道。

"上天让我们多多行善，整天待在屋子里能行善吗？"她们实在没办法，竟胡编起来。

过了很长时间，国王才知道板油姑娘被王后和王妃们逼着去阳光下或到火堆旁干活儿的事儿。

"你们逼着板油姑娘去干活儿，要是出了什么事儿，可别怪我不客气！"国王把王后和王妃们叫到面前，对她们说。

"知道了，陛下。"王后和王妃们心里很不高兴，但嘴上却答应着。

从此，王后和王妃们不敢再对板油姑娘说什么了。

一天，国王亲自带军队去平息叛乱。

"我走后，你们不得让板油姑娘到阳光下去干活儿，不得让她靠近有火的地方。"临行前，国王对王后和王妃们百般叮嘱。

王后和王妃们说她们不会做违背国王的事儿。

国王依依不舍地离开了板油姑娘，率领军队赶到叛乱的地方。战场在不断扩大，国王离王宫越来越远。

王后和王妃们多次想让板油姑娘去干活儿，但一想起国王临走时说的话，便害怕得不敢说出来。到后来，王后她们实在忍不住了。

"国王不在，我们说了算，你到院子里生火做饭去！"王后她们凶巴巴地对板油姑娘说。

板油姑娘含着眼泪来到院子里，拾来柴火，放上一个水罐，开始点火烧水。

不一会儿，坐在火堆旁凳子上的板油姑娘就感到浑身发软。再过一会儿，她的全身开始熔化了，最后化成油，流满了院子。

王后和王妃们想起了国王的警告，心里害怕极了。

"派谁去告诉国王这件事儿呢?"她们商量着。

"派你去向国王报告，好吗?"王后对旁边走过的一只鸡说。

鸡"咯、咯"地叫了两声，什么都没说。

"派你去向国王报告，你同意吗?"王后知道鸡是完不成这项任务的，又找来乌鸦。

乌鸦"哇、哇"地叫了两声，也什么都没说。

王后和王妃们也知道，乌鸦也是完不成这项任务的。她们找了许多动物，最后想起了斑鸠。斑鸠答应了。

斑鸠飞走后，王后和王妃们开始恐惧起来。

斑鸠飞到战斗最激烈的地方，落在国王面前的一棵小树上，向国王报告了王宫中发生的一切。

国王慌忙把指挥权交给弟弟，带上几位随身卫兵，快马加鞭，向王宫奔去。

看见满院子流的油，国王哭着命令仆人往院子里倒水。王后和王妃们一个个吓得躲在自己的房里不敢出来。

当院子灌满水后，地上的油开始凝固起来，并一点一点地凝固在一起，最后变成了原来的板油姑娘。

国王急忙跑过去，扶着板油姑娘向房间走去。

过了一会儿，国王来到院子里，把王后和王妃们叫了出来。看见国王愤怒的样子，她们吓得跪在地上，请求国王的宽恕。

国王气得浑身发抖，最后下令在王宫前公开处决她们。

不一会儿，王宫前的广场上挤满了人。

"鹦鹉，你说应该怎样对待朋友？"国王问右手托着的一只小鹦鹉。

"表示友好，陛下。"鹦鹉说。

"怎样对待嘴上友好而内心狠毒的那些人？"国王又问。

"严厉惩罚!"鹦鹉毫不隐瞒。

卫兵们看到国王朝他们点了点头,便举起了刀。

这时,广场上骚动起来,一些人嚷着要国王讲明杀王后和王妃们的原因。

国王制止了卫兵,大声向在场的人讲述了她们残忍迫害板油姑娘的经过。

"该杀!"人们大声喊道。

卫兵们遵照国王的旨意,杀了王后和王妃们。

就在这时,大路上尘土飞扬,国王的军队平复叛乱,胜利归来。

从此,国王和板油姑娘形影不离,过着幸福甜蜜的生活。

贪婪的老太婆

很久以前，在蔚蓝的大海边上，住着一对靠捕鱼为生的老夫妻。男人叫马吉，外号鲑鱼。妻子叫玛娅，外号母鲑鱼。

冬天，他们在海边的小屋子里度过。一到春暖花开的季节，夫妻俩就搬到一个有着奇形怪状岩石的海岛上生活，一直要住到深秋再离开。在海岛上，他们有一间很小的房子，比海边的房子要小很多。小房子没有门锁，只有木头门闩。他们使用的柜子是用石头砌成的。尽管房子很简陋，但是房顶上却装饰着旗杆和风向旗，好像海员住的房子。

他们的小房子建在一块叫阿赫托拉的岩石上。岩石的裂缝里长着几棵矮小的树。岛上的几处土墩上，长满了如天鹅羽毛一样柔软的青草，还有几根芦苇，两丛睡草，四棵柳叶菜和一朵美丽的白花随风摇曳。岛上最重要的植物是四棵洋葱，虽然只有四棵，但母鲑鱼已经非常满意了。

陪伴马吉和玛娅的还有一条狗。这条狗身材不大，毛却很长。狗的名字很好听，叫王子。生活在岛上，他们以捕鱼为生。平日里，他们腌制咸鱼留着冬天吃。每逢周六，要是天气好，海面上风平浪静，他们便去城里卖鱼，再用卖鱼的钱买回一些面粉、鲑鱼抽的旱烟叶和母鲑鱼爱喝的咖啡。日子就这样一天天过去了，他们感到非常幸福。

他们就这样平静地生活了很多年。直到有一天，母鲑鱼突然有了一个荒唐的想法——想要一头母牛！这个念头，弄得她吃不下饭，睡不着觉。

"你要母牛干什么？"鲑鱼见妻子这副样子，便关心地问。

"我想喝新鲜的牛奶。"母鲑鱼说。

"你想，母牛不会游泳，我们的小船又装不下它。就算有了母牛，怎么运过来呢？"鲑鱼问道。

母鲑鱼听了，一脸难过的样子。

"你再想想，如果我们真的有了一头母牛，拿什么来喂它呢？要知道，它是不会吃石头的！"鲑鱼又说道。

"它为什么要吃石头呢？我们这里有赤杨树，有长满青草的土墩子，这还不够它吃吗？"母鲑鱼有些生气了，板着脸说。

"能喂牛的还不止这些，你还忘记了洋葱，它也能喂牛！"看着母鲑鱼认真的样子，鲑鱼笑着说。

"是呀，冬天我们就喂它咸鱼，我们的王子不也吃咸鱼吗！"母鲑鱼根本没听出来丈夫是在嘲讽她，便迎合着丈夫说。

"给牛吃咸鱼，这太过分了！你的牛也太金贵了吧。老太婆，不要再养牛了，我们的生活已经够好了！"鲑鱼大声说道。

母鲑鱼听后一声长叹。她明白，丈夫的话是对的，但又不甘心放弃。她觉得世界上最大的幸福就是能喝上新鲜的牛奶。

这一天，夫妻俩坐在门槛上洗鲱鱼，远远看见一只漂亮的小船向小岛驶来。

小船里坐着三个大学生，他们头戴彩色的帽子，身穿色彩鲜艳的衣服，一看就知道是出海游玩来了。

他们都饿坏了，看见岛上有人，便将船靠到岸边，想买点儿东西吃。

"喂，老奶奶，请给我们来一杯酸牛奶！"大学生对母鲑鱼大声喊道。

"我也想有酸牛奶喝。"母鲑鱼叹了口气说。

"那么，就来一杯鲜牛奶吧！不过，要注意，不要加水的。"大学生又说道。

"我也想有鲜牛奶喝！"母鲑鱼又深深地叹了一口气说。

"怎么，你们连一头母牛都没有吗？"大学生觉得有些奇怪。

母鲑鱼心里难过极了，没有再说话，大学生的话像一把利剑刺着她的心。

"我们没有母牛，更没有牛奶，但我们有上等鲱鱼!"见妻子沉默不语，鲑鱼代替她回答说。

"也不错，我们就来点儿熏鲱鱼吧!"大学生们说。

大学生们上了岸，嘴里叼着雪茄烟，烟味很香，一闻就知道是上等货。鲑鱼也来了烟瘾，摸出了自己的烟叶。

鲱鱼熏好还要等一会儿，大学生们便去岛上四处游逛。

老两口把五十条银光闪闪的鲱鱼放在铁叉上熏了起来。

"你们住的那块岩石叫什么?"一个大学生惊呼道。

"它有一个奇怪的名字，叫阿赫托拉，怎么了?"鲑鱼抬头问道。

"难道真的是阿赫托拉!住在这里，本该富有，可你们却不知道。你们应该向海主人讨一头母牛，他很慷慨，对好邻居从来都不吝啬。"大学生现出一脸惊讶的表情。

"哪有什么海主人，我们住了这么多年，还从来没见过。"鲑鱼说。

"难道你们真的不知道海主人?"大学生们更加惊讶了。

鲑鱼摇摇头。

"好吧,我把知道的都告诉你们。"一个大学生说道。

大学生告诉老两口,海主人名叫阿赫托,就住在有阿赫托拉岩石的小岛边上。他的威力无穷,没有他的命令海浪都不敢动弹一下。他拥有宽广的水下牧场,那里长满了肥沃的海草。被海主人阿赫托看中的人,一定会发财。但

是，谁要是惹怒了他，也会遭殃。他经常生气，一不顺心，就暴跳如雷，掀起一场风暴，不仅要收回送出的礼物，还会将人拖入海底。

阿赫托有一个美丽的妻子，名叫维拉莫。阿赫托非常喜欢自己的妻子，不让她受一点儿委屈。妻子维拉莫有一头漂亮的长发，喜欢穿长长的衣服，后摆总是拖得很长很长。每天，都有许多仆人为她梳理头发。走路时，仆人就在后面为她提着衣服。有时，她会和仆人一起到海面上去。她非常喜欢音乐。有时为了欣赏过往船上的音乐，她甚至会偷偷上岸，躲在芦苇丛中。海里的人个个身怀神奇的法力，不会轻易让岸上的人看到他们。

"你们是否亲眼见过海主人和他的妻子，还有水下的牧场？"鲑鱼还是不相信大学生的话，插话问道。

"也可以说看见过。不过，我们是在书上读到的。印在书上的事儿，应该是真的。"大学生说。

"根本不对！按照书上说，昨天是好天气，日历上也写着晴天，可是昨天却刮了一整天的风，还下了大暴雨。傻瓜才相信书上说的呢！"鲑鱼讥笑着说。

"谁不知道印日历的都是骗子。你应该这样认为，写着'晴天'，就意味着要刮风下雨。"大学生笑着说。

鲑鱼还是连连摇头，根本不相信有什么海主人。

鲱鱼熏好了，从银色变成了深褐色，闻上去香喷喷的，让人食欲大增。大学生们狼吞虎咽地吃了起来，而将带来的食物给了王子。王子非常爱吃，舔着嘴唇，十分温顺。

吃完最后一条鱼，大学生们要回去了。为了感谢主人的盛情款待，他们给了鲑鱼一枚闪闪发亮的银币，还很客气地拿出烟叶，帮鲑鱼装满烟斗。鲑鱼也不拒绝，使劲地往自己的烟斗里装烟叶，没想到，竟把烟斗撑裂了。

大学生坐船回去了。王子想着刚才的食物，非常留恋他们，坐在海边，望着小船越走越远，直到看不见才慢慢地回来。鲑鱼心疼自己的烟斗，难过了好几天。

送走客人后，母鲑鱼心事重重，一言不发。大学生讲的话，她一字不漏地都记在了心里，特别是海主人有一群母牛的故事。

"要是有一头母牛就好了！早晨晚上都可以挤奶，再不用操心吃什么了。唉，都是自己没这份福气呀！"母鲑鱼心想。

母鲑鱼经常望着大海发呆，一坐就是大半天。

"老太婆，你在想什么呢？"鲑鱼走上前问道。

"没想什么。"母鲑鱼回答说，但心里却在想，要是真的向海主人讨一头母牛，会怎么样呢？

"老头子，我们今天晚上去撒网捕鱼好吗？"母鲑鱼问丈夫。

"不行不行，暴风雨就要来了，你难道看不出来吗？"鲑鱼连忙摆手说。

"你不是说过不能相信日历吗？"母鲑鱼讥笑着说。

"日历归日历，你抬头看看，乌云都上来了。"鲑鱼指了指天说。

"乌云来了又怎么样？昨天没有乌云，不是也刮暴风了吗？你看，今天的海面像镜子一样平静，晚风刚刮过，现在是最容易捕到鲱鱼的时间。"母鲑鱼满不在乎地说。

"可是，乌云是从西北方来的，预示着暴风雨就要来了。"鲑鱼有些犹豫地说。

"你听我的，咱们只要撒一网，顺着风向撒网，我们的桶里就能装满鱼。"母鲑鱼不肯罢休，又劝丈夫说。

鲑鱼不想和她争吵，只好同意了。他们装上渔网，划船出海，过了浅滩，来到深海处。

这时，母鲑鱼想起大学生说的话：阿赫托经常生气，常常无缘无故地掀起风暴……

母鲑鱼有些害怕了。她想起了一首古老的歌曲，这是她结婚前从一个瘸腿老头那里听来的，于是低声吟唱起来，并把歌词改成了自己的话。

"海底的国王，谁的财富能与你相比？

我不要珍珠，因为你的牛最好！

它们步伐矫健，神采奕奕，

骄傲地在草地上迈步，

牛角有一米长，牛脸有半米长！"

母鲑鱼嗓音低沉地哼唱着。

"你在唱什么？"鲑鱼问道。

"没什么，我想起了一首古老的歌曲。"母鲑鱼回答说，

然后唱得更响了：

"阿赫托，你是暴风雨的主宰，你是大海威严的王，

我不向你讨要珍珠，只要一头母牛！

海浪的主宰啊，我会报答你，

银色的月光和金色的朝霞！"

"多么愚蠢的歌呀！我只知道向海主人求鱼，至于要母

牛，那简直是胡闹！我看是那几个大学生把你说糊涂了。"

鲑鱼不屑一顾地说。

母鲑鱼根本不理会丈夫的话，好像没听见一样，继续哼

唱着自己的歌。

鲑鱼也不再和她争论。他想抽烟，伸手摸了摸衣兜，里面空空的，这才想起烟斗坏了。

"这么好的烟丝一点儿也没抽上。"鲑鱼长叹一声。

老两口撒下渔网，划船返回小岛。他们躺在床上，翻来覆去地睡不着。母鲑鱼憧憬着有了母牛以后的美好生活。鲑鱼在担心暴风雨一旦来临，撒下的渔网就会被冲走，会损失很多钱！他在心里暗暗地祈祷着，让暴风雨离我们远一些吧！

半夜里，鲑鱼突然翻身坐起。

"老太婆，你听见什么了吗？"他警觉地说。

"你听见什么了？"母鲑鱼问。

"好像风向旗响得很厉害，一定是暴风雨来了！"鲑鱼皱着眉头说。

"一定是你做梦了，哪儿会有什么暴风雨？"母鲑鱼说。

鲑鱼只好躺下，但没过五分钟，又抬头说："你听，风向旗响得更厉害了。"

"快睡吧，别再胡思乱想了！"母鲑鱼说。

鲑鱼只好将被子蒙在头上，不出声了。但没过多大一会儿，鲑鱼终于忍不住，又从床上爬了起来。

"难道你没听见风向旗在拼命地响吗？我们快去看看渔网吧！"鲑鱼边穿衣服边下床。

母鲑鱼也不再争辩了。他们迅速穿好衣服，走出小屋。外面漆黑一片，伸手不见五指，他们只好点亮灯笼，看见大海在咆哮着，白色的泡沫翻滚在海面上。波涛汹涌，向小屋涌来，冰冷的海水打湿了老两口的衣服。

鲑鱼还从来没见过这么大的风暴，急忙退回到小屋里，由于害怕被风浪卷走，于是把房门关得紧紧的。

"我说过，不能去撒网。"鲑鱼埋怨道。

母鲑鱼一句话也不说，呆呆地站着，讨要母牛的想法也丢到一边去了。

老两口只好又躺回床上。后半夜，他们睡着了，再也没有听见海浪拍打岩石的声音。

第二天，老两口醒来时，太阳已经出来了。暴风雨早已停息，海面上微微荡起波浪，在太阳光的照射下，闪耀着金色的光芒。

母鲑鱼打开房门，朝大海望去。

"老头子，快来看，岸边是什么东西？"母鲑鱼惊叫一声。

"好像是海豹。"鲑鱼看了看说。

"我敢和你打赌，那要不是一头母牛，我就不活了！"母鲑鱼有些不高兴了，愤愤地说。

海岸上，真的有一头母牛在悠闲地散步。这是一头漂亮的母牛，身上披着红黄色的毛，光滑、干净。

"一定是海主人给我们的礼物，我们终于有自己的母牛了！"母鲑鱼兴奋地大喊道。

母鲑鱼快步跑上草墩，拔了一大把鲜嫩的青草，向母牛跑过去。可是母牛对母鲑鱼拿来的嫩草却瞧也不瞧，根本不吃，仍旧悠然地走着。

鲑鱼惊呆了，有点儿不相信自己的眼睛，以为是在做梦，直到看见母鲑鱼拎着桶走过去挤奶，才恍然大悟——这真的是一头母牛。

母鲑鱼乐坏了，把所有能装水的东西，都装满了牛奶。

"真是奇怪！这头母牛究竟是从哪儿来的呢？"鲑鱼喝了一杯冒着热气的牛奶，问道。

"这有什么可奇怪的，海主人还舍不得把一头母牛送给他的邻居吗？"母鲑鱼反问道。

"你又在胡说八道了，哪有什么海主人！"鲑鱼冷笑了一声。

"谁胡说八道了，你刚才喝下去的不是牛奶吗？"母鲑鱼不高兴了，板着脸问。

鲑鱼无话可说了，因为杯中确确实实是牛奶。他决定不再去想这件事儿。

鲑鱼还是想通了，有了母牛终归是一件好事，至于牛是从哪儿来的，又有什么关系呢？他还有别的事情需要操心——找到丢失的渔网。其实，海浪早已把渔网抛到了岸上，里面还装满了银光闪闪的鲱鱼。

"依我看，你整个夏天捕到的鱼加起来还没有这一网多呢！"母鲑鱼得意扬扬地对丈夫说。

面对母鲑鱼的讥讽，鲑鱼很想争辩一下，可又一想，老太婆说的也是实话，只好低头不言语了。

鲑鱼又想到了一个问题，母牛不吃青草怎么活呢？母鲑鱼一时也想不出什么好的解决办法。

"总会有办法的。"母鲑鱼无奈地说。

没想到母牛找到了食物。它去海里，或者去浅滩，捞些水草，总能吃得饱饱的，毛色非常光滑，奶水又多又好。

老两口对这头牛喜欢得不得了，每天都要看很多遍。但是，王子却对母牛很不友好，老是对着它叫。王子非常嫉妒母牛，现在主人的心中只有这头牛，早把它忘在了脑后。

自从母牛出现在小岛上，老两口的生活越来越好。母鲑鱼攒下了几桶奶油，还经常把多余的牛奶做成奶酪。

鲑鱼下网捕鱼，网拉上来总是满满的，每次都是满载而归。大海成了他们的大鱼库，想要多少鱼，就能捕到多少鱼。

他们手里的钱也逐渐多了起来。生活好了，老两口的性情也变得温和了。

渐渐地，鲑鱼一个人已经忙不过来了，便雇了两个人来帮忙。

到了深秋，鲑鱼和母鲑鱼离开小岛，搬到岸上去住。母

牛也回到海里。

第二年春天，老两口回到小岛的时候，母牛已经在等着他们了。

到了夏天，母鲑鱼觉得住的房子太小太挤了，于是问丈夫，能不能盖一间大房子。

鲑鱼认为她说得有道理，就在岩石上建了一幢更好的大房子。他们还有了放鱼的仓库和地窖。

捕的鱼实在是太多了，城里根本卖不掉，于是，他们便想办法把鱼卖到了国外。

"我们家有这么大的产业，实在是忙不过来，再雇一个女仆吧！"母鲑鱼对丈夫说。

"那就雇一个吧。"鲑鱼点了点头说道。

他们雇了一个女仆，可是并没有太多的活儿给她做。

"一头母牛太少了，如果有三头母牛，那么女仆就有活儿干了。而且现在家里人多，牛奶也不够吃了。"过了几天，母鲑鱼又对丈夫说。

"这有什么难的。海主人很喜欢听你唱歌。你就再给他唱一首，他准会再给你两头牛的。"鲑鱼说。

到了傍晚，母鲑鱼让人将一条小船划向大海的深处，自己坐在船上唱起了歌，又一次改动了歌词。

"阿赫托，海的主宰，请给我两头奶牛！

让它们吃上金色的稻草，银色的水草！

让牛奶不断地流出来！"

母鲑鱼低声吟唱着。

第二天早晨，真的有三头母牛在海岸边悠闲地散着步。

"你想要的，现在都有了，还有什么不满足的吗？"鲑鱼问妻子。

母鲑鱼肯定不满足。这么大的家业，她已经忙不过来了，应该再雇两个雇工，而且还要添置几件好看的衣服，既然大家都称她为贵夫人了，那么破衣烂衫地去城里是很没面子的。

"这有什么难的？"鲑鱼轻松地说。

没过三天，家里又来了两个雇工，母鲑鱼也给自己买了好几件衣服。

母鲑鱼又不满足了，要求丈夫建一幢两层的房子，要有浴室和阳台的那种。她觉得，只有这样的生活才称得上是无忧无虑。她还要求丈夫从很远的地方运来泥土，在房子旁建一个花园，修一个亭子，在里面欣赏海景。

她还想雇一些乐师，每天晚上演奏音乐。以后再造一条大船，即使遇到暴风雨，也能安全靠岸。

"除了这些，你还有什么要求？是不是还要把天上的月亮摘下来，放在花园里当灯用啊？"鲑鱼笑着问。

鲑鱼虽然嘴上这么说，但还是满足了妻子的要求。

如今，阿赫托拉岩石已经焕然一新，母鲑鱼当起了贵夫人，路过的渔民们个个称奇。

那条叫王子的狗，每天吃着烤牛肉和饼干，胖得圆滚滚的，就像一个小酒桶。

"现在，你没什么要求了吧？"鲑鱼问妻子。

"谁说我没要求了，三头母牛根本不够用。"母鲹鱼反驳道。

"那你就去向海主人要三十头母牛吧！"鲹鱼讽刺她说。

母鲹鱼竟然真的这么做了。她乘着自己的新船出海，向海主人讨要回三十头母牛。

第二天早晨，一大群健壮的母牛出现在海滩上，挤来挤去。

"老头子，我们的岛太小了，这么多的牛，地方根本不够用啊！"母鲹鱼对丈夫说。

"那只能用你的新船，装上水泵，把海水抽干了。"鲹鱼耸耸肩，无可奈何地说。

母鲹鱼知道丈夫在讽刺她，气得不说话了，可心里却在盘算着，海水当然是抽不干的，但是可以填海呀。如果叫人往海里扔石头，没准能把小岛扩大一倍呢！

母鲹鱼说干就干，下令将船装满石头，带着雇工和乐师一起出海了。

乐师演奏着优美的曲子。连海主人阿赫托都带着全家，浮到海面上来倾听。

阿赫托的妻子维拉莫穿着一件漂亮的衣服，周围布满了雪白的泡沫，几个女儿的衣服上也都装饰着闪闪发光的泡沫。

当然，母鲑鱼是看不见这些的。

"船尾是什么东西在闪光？"母鲑鱼问。

"是海浪的泡沫在阳光下闪光。"乐师回答说。

"就在那里扔石头吧！"母鲑鱼下令道。

船减慢了速度，雇工开始扔石头。很快，船上的石头都被扔进了海里。

不巧的是，一块石头正好砸在维拉莫心爱女儿的鼻子上，另一块擦伤了女孩儿的脖子，第三块从阿赫托头旁飞过，刮掉了他的胡子。

海主人非常恼火，发起怒来。顷刻间，波涛翻滚，海面像烧开的水一样，疯狂地咆哮起来，顿时天昏地暗。

"哎哟，怎么搞的，哪儿来的狂风啊？"母鲑鱼的话音刚落，海面已经裂开了，仿佛一张巨大的嘴，将小船吞了进去。

母鲑鱼在海里拼命地挣扎，手足并用，好不容易才浮到海面，游向岸边。

突然，海面上出现了一个人头，披散着头发，面目狰狞。他就是海主人阿赫托。

"你竟敢用石头砸我？"阿赫托愤怒地大声吼道。

母鲑鱼吓得簌簌发抖。

"海主人，请你饶了我吧！石头砸到你，我非常难过。你用油擦一下胡子，它很快就会长出来。"母鲑鱼怯生生地说。

"你这个老太婆，竟敢这样对待我，我给你的礼物还少吗！"海主人生气地骂道。

"您给了我母牛，我心中充满了感激之情。"母鲑鱼战战兢兢地说。

阿赫托对于母鲑鱼的回答并不满意。

"你就这样感谢我吗？你答应给我的金色朝霞，银色月光在哪儿呢？"阿赫托怒吼道。

"仁慈的海主人啊，只要天气好，没有乌云，您就会看到朝霞和月光。"母鲑鱼低着头说。

海主人听了母鲑鱼的话更加生气了。

"你真是一个狡猾的老太婆，看我怎么教训你。"阿赫托怒斥道，说着掀起了海浪，将母鲑鱼扔到岩石上。

母鲑鱼在岩石上躺了很久，才吃力地站起来，神情紧张地四处张望。她看见王子正一边啃着骨头，一边向她走来，还是过去那副瘦弱的模样。

而鲑鱼正穿着破旧的灰色上衣，坐在台阶上修补渔网。

"老太婆，你这是怎么啦？看样子，你是从月亮上摔下来了。"鲑鱼抬头看了看精神恍惚的妻子，说道。

"我们的房子呢？"母鲑鱼揉了揉眼睛，又看了看周围，问道。

"老太婆，你这是睡糊涂啦，连自己家都不认识了？"鲑鱼反问道。

"我们的母牛在哪儿？新房子在哪儿？新船和女仆都在

哪儿?"母鲑鱼似乎没听见,接着问道。

"你说了一箩筐的梦话,还是去用冷水浇浇头吧!昨天你一直在海上乱唱,是在做什么梦吧!"鲑鱼说。

"我见到了海主人阿赫托!"母鲑鱼不相信丈夫的话,继续说着。

"是啊,你一定是在梦中见到了他。你一直在胡说八道!"鲑鱼望着妻子说道。

"可是我们的乐师和提琴还留在海边呀!"母鲑鱼还在不停地为自己辩护。

"什么提琴?那是根旧木头!你啊,还得好好谢谢我!是我把渔网收回来的。夜里的暴风雨多大呀,渔网全被刮坏了,幸好没有被冲走。亲爱的,下次你一定要听我的话。我说有暴风雨,就一定会有!我说得比日历还准。"鲑鱼说道。

母鲑鱼这才恍然大悟,之前经历的那些事情,不过是一场梦。

卜兰波

很久以前，世上有很多巨人，安琪峨奴斯就是其中的一个。

一般人都由父母起名字，可安琪峨奴斯却是自己起的名字。因为他曾听人说过，有个了不起的将军就叫这个名字，他也想和那个将军一样，被世人称颂。

仗着自己是巨人，安琪峨奴斯在城里横行霸道，人们都离他远远的，生怕招惹到他。

城中有一条河，安琪峨奴斯的家就在河边。城里人用船把外面的东西运进来，再把当地的土特产运出去。

　　每天晚饭后，安琪峨奴斯都坐在窗前眺望商船川流不息的景象。

　　"木材、布匹、奶酪、面包、鲜鱼……太诱人了，如果这些东西都归我，那我将成为城里最富有的人！"安琪峨奴斯陷入沉思。

　　尽管安琪峨奴斯很贪婪，可他却有自知之明，要把这些东西据为己有，是根本不可能的事儿。

　　就这样，他每天坐在窗前，琢磨着赚大钱的办法。

　　一天，安琪峨奴斯突然想出了一个好主意。

　　"每天往返的船只这么多，要是设一道关卡，让通过的船只缴纳通行费，那将是一笔可观的收入！不过，叫通行费不行，应该叫通行税，这样才有官味儿。"安琪峨奴斯暗下决心。

　　第二天一大早，安琪峨奴斯拎着一根木棍上街了。

　　"市民们，你们听好了，现在马上到广场集合，我有重要事情宣布！"安琪峨奴斯大声喊道。

人们不想任由这个无赖摆布，可又怕惹恼了他，他可是什么缺德事儿都能干出来的。为了不惹麻烦，人们纷纷来到广场。

安琪峨奴斯向人们宣布了他的决定。

"什么，收过往船只通行税？"有人发问。

"没错儿，不管是谁的船，都得交税，就算是我亲爹，不交也不行！"安琪峨奴斯肯定地说道。

"我们祖祖辈辈住在这里，一直是在这条河上行船，从来没交过税！"人群开始骚动。

"那是因为我还没出生，还没有决定收通行税。"安琪峨奴斯十分霸道。

"税应该由国王派人收吧？"有人质疑道。

"我要收税，你们就得交！从今天起，过往船只必须交税，谁不交，我就打他一百鞭子。若违抗我的命令，私自放行船只，我就把他扔进土牢。"安琪峨奴斯举起手中的棍子，声嘶力竭地吼道。

从那天起，安琪峨奴斯就亲自站在城楼上，监视过往船只。

"停下来，快停下来，交完通行税再走！"一看有船只通过，他就大声叫喊。

不管船上拉多少货物，也不管船主是富商还是穷人，安琪峨奴斯一律收税。

也有不信邪的人，任凭安琪峨奴斯喊破喉咙，就是不停船。这时，安琪峨奴斯便将船主拖到岸上，打了他一百鞭子。

对那些推说身上没带钱的船主，安琪峨奴斯就把他们关进土牢，等着他们的家人拿钱赎人。

安琪峨奴斯臭名远扬，谁都知道这条河上出了个收通行税的恶霸，各地商船都不再从这里经过，河面上变得冷冷清清。

没有船也就没有了生意，城中百姓变得日渐清贫。于是，就有人趁着夜晚，偷偷行船。

可安琪峨奴斯也不是傻瓜，他雇了几个人守在城楼上，专门在夜晚盯着河面，一旦发现有船只没交通行税，就逮住船主，打他一百鞭子。

一个公爵来城里游玩，看到人们愁眉不展、唉声叹气，便询问原因。知道是安琪峨奴斯在胡作非为，公爵立刻找他理论。

"你的行为太荒唐、太残暴，必须马上停止，否则我就放火烧掉这座城。"公爵发出威胁。

对于公爵的恐吓，安琪峨奴斯一点儿也不在意，依然我行我素，过往船只要不交税，就打一百鞭子。

为了防备有人找麻烦，安琪峨奴斯雇了很多打手，加强防卫。

公爵手下有一个年轻武士，叫卜兰波。他听到安琪峨奴斯的暴行，非常气愤，发誓一定要惩罚这个恶棍。

"那座城本来就很坚固，如今又加强了戒备，恐怕很难攻打。"公爵有些担忧。

"再坚固的城池，也有办法攻破。请公爵放心，我现在就去查看，一定会有办法的。"卜兰波信心十足。

卜兰波在城墙外转了几圈，发现了一个可以钻到安琪峨奴斯房子里的射口，赶紧回去报告。

"请让我去惩罚那个恶人，我要将他一拳打死，不让他再害人。"卜兰波请求说。

公爵同意了他的请求。

卜兰波带领一千人马，悄悄出发了。

卜兰波将人马埋伏在城外的树林里，深夜开始攻城。

守城的士兵都是临时雇来的，从未真刀真枪地打过仗，看见一下子来了这么多人马，立刻四散而逃。

很快，城门就被攻破了，一千人马蜂拥而入。

关在土牢里的人被释放了，他们感动得泪流满面。卜兰波向他们打听安琪峨奴斯的住处，但没人知道。

卜兰波只好回到城外，从城墙上的射口钻进去，来到安琪峨奴斯的屋子里。

安琪峨奴斯连忙拿起手边的棍子，向卜兰波猛扑上去。卜兰波拔出利剑，准备迎战。

看到对方突然拔出利剑，安琪峨奴斯想停下脚步，但已经晚了，整个身子扑到了剑上。

安琪峨奴斯立刻倒地而死。

得知卜兰波杀死了安琪峨奴斯，人们纷纷点燃火把，走上街头，赞美卜兰波的英勇。

第二天，公爵亲自来了，重赏了卜兰波。

从此，这里又恢复了昔日的繁荣景象，每天都有很多船只来来往往。